Witzebuch

Kinder ab 8 Jahren

Die 600 besten Witze und
Scherzfragen

Lena Verovska

Inhaltsverzeichnis

Dieses Witzebuch gehört

____

Vorwort

Vielen Dank, für den Kauf meines Kinderwitzebuches.

Ich sammle und erzähle für mein Leben gerne Witze.

Meine 600 besten Witze und Scherzfragen,

habe ich hier aufgeschrieben.

Sie sind für Kinder ab 8 Jahren geeignet.

Auch Erwachsenen werden sie gefallen.

Ich wünsche viel Spaß beim Lesen!

Schülerwitze

Ralph fragt: „Mama, warum ist die Braut weiß angezogen?“

Mama: „Weil es der glücklichste Moment in ihrem Leben ist!“

Ralph: „Und warum trägt der Bräutigam dann Schwarz?“

Moritz fragt seinen Vater: „Papa, was ist Theater?“ Vater: „Das, was du jeden Abend machst, um nicht ins Bett gehen zu müssen, nennt man Theater.“

Monika fragt ihren Vater: „Papa, weißt du, wann die Dinos ausgestorben sind?“ Vater: „Nee, das ist schon so lange her, das weiß ich nicht mehr genau.“ Monika: „Okay, dann frage ich Oma. Die ist ja älter als du.“

Lehrerin: „Klara, was stellst du dir unter einer Brücke vor?“

Klara: „Jede Menge Wasser!“

Die Lehrerin fragt die Klasse: „Glaubt ihr, dass es Leben auf dem Mond gibt?“

„Na klar!" ruft Mia. „Da brennt doch jeden Abend Licht!“

Lars kommt wieder zu spät in den Unterricht.

Der Lehrer fragt ihn: „Wo kommst du denn jetzt erst her?“

Lars: „Na von draußen.“

Lehrer: „Silvia, meine Frage bereitet dir wohl Schwierigkeiten?“

Silvia: „Überhaupt nicht! Nur die Antwort.“

Lehrer: "Der Aufsatz über Milch sollte doch drei Seiten lang werden! Warum ist deiner nur eine Seite lang?"

Kai: "Ich habe über Dosenmilch geschrieben!"

Die Mutter von Finn hat bald Geburtstag. Er möchte eine Keksdose für sie im Kaufhaus kaufen. Verkäufer: „Und? Weißt du schon, welche Farbe die Keksdose haben soll?“

Finn: „Ist mir egal. Hauptsache der Deckel geht leise auf und ab, damit ich nachts Kekse klauen kann.“

Lena und ihre Mutter sind am Frühstücken. Da sagt Lena: „Ich mag keinen Käse mit Löchern essen!“ Mutter: „Dann iss doch den Käse und lass die Löcher liegen.“

Lehrer: „Wenn ich mich auf den Kopf stelle, dann strömt Blut in meinen Kopf. Wenn ich aber auf den Füssen stehe, passiert das nicht. Eva, warum ist das so?“

Eva: „Weil ihre Füße nicht hohl sind!“

Zum Geburtstag hat Florian ein Schlagzeug geschenkt bekommen. Jeden Tag übt er ein bisschen daran. Da sagt seine Schwester: „Ich hoffe, du spielst irgendwann im Radio!“

Florian: „Echt?“

Schwester: „Ja, dann könnte ich das Radio einfach ausschalten.“

Lehrer: „Kilian, du hat 20 Kaugummis und ich nehme dir zwei weg. Was macht das dann?“

Kilian: „Wenn ich so viele Kaugummis hab, macht mir das gar nichts!“

Lehrer: „Alles was Federn trägt, legt Eier!“

Simone: „Indianer auch?“

Lena zeigt ihrem Vater das Zeugnis.

Vater: „Das Zeugnis lässt aber sehr zu wünschen übrig!“

Lena: „Dann wünsche ich mir ein neues Handy!“

Nach dem Unterricht sieht der Lehrer, wie Tim Luft aus seinem Fahrradreifen lässt. Verwundert fragt er ihn: „Warum machst du das?“

Tim: „Der Sattel ist mir zu hoch!“

Lehrer: „Franz, was bedeutet die Abkürzung ZDF?“

Franz: „Zentrum der Finsternis!“

Lehrer: „Günther, komm zur Weltkarte und zeige mir Amerika!“

Günther geht vor und zeigt auf die richtige Stelle.

Lehrer: „Sehr gut und wer hat Amerika entdeckt?“

Darauf die ganze Klasse: „Günther!“

Peter: „Papa du hast Glück gehabt!“

Papa. „Wieso denn?“

Peter: „Du brauchst mir nächstes Jahr keine neuen Schulbücher kaufen!“

Der Lehrer schimpft: „Beate, jetzt bist du diese Woche schon zum fünften Mal zu spät gekommen. Was sagst du dazu?“

Beate: „Wenn ich richtig rechne, dann ist heute Freitag!“

Mutter: „Harald, hast du die Prüfung bestanden?"

Harald; „Nein, aber ich war der Beste unter denen, die nicht bestanden haben!"

Mark: „Papa, Sven hat in Mathe eine 6 bekommen!"

Papa: „Kein Wunder, sein Vater ist auch nicht der Klügste!"

Mark: „Papa, ich hab auch eine 6!"

Der Lehrer fragt: „Wusstet ihr das wir nur ein Drittel unseres Gehirns benutzen?"

Gisela: „Und welche Funktion hat das andere Drittel?"

Hans fragt den Lehrer: „Darf jemand der Moses heißt, bei ebay mehr als 10 Gebote abgeben?"

Mama fragt Martin wie seine mündliche Prüfung gelaufen ist.

Martin: „Ich glaube sehr gut, der Lehrer war sehr fromm!“

Mutter: „Fromm? Wie kommst du denn darauf?“

Martin: „Immer wenn ich auf die Fragen geantwortet habe, rief er – Mein Gott!“

Lehrer: „Sonja, erkläre mir den Begriff - Heuchelei!“

Sonja: „Heuchelei wäre es, wenn ich sage, dass ich gerne in die Schule gehe!“

Regina kommt vom ersten Schultag nach Hause.

Mutter: „Ist alles gutgegangen in der Schule?“

Regina: „Ich glaube nicht. Ich muss morgen nochmal hin!“

Lehrer: „Inge, deine Mutter kauft sich einen Tasche für 100 Euro und dir eine Hose für 80 Euro. Was ergibt das?"

Inge: „Ärger mit Papa!"

Treffen sich 2 Schüler. Sagt der eine: „Hast du schon etwas von der neuen Rechtschreibung gehört?" Sagt der andere: „Nein, ich bin Linkshänder!"

Svenja kommt wütend von der Schule heim.
Svenja: „Wir hatten heute 2 Stunden Englisch!"
Mutter: „Beschwere dich nicht! Die Engländer haben das den ganzen Tag!"

Gibt es einen Unterschied zwischen einem Lehrer und einem Blinddarm?

Nein! Beide sind überflüssig und oft gereizt!

Olaf: „Herr Lehrer, kann ich heute früher nachhause gehen?“

Lehrer: „Warum?“

Olaf: „Ich hab zu Hause eine Eintagsfliege und würde sie gerne nochmal sehen, bevor sie stirbt!“

Lehrer: „Durchschnittlich 11 Pizzen isst ein Deutscher pro Jahr!“

Paul: „Prima, diese Aufgabe hab ich bereits im Februar erledigt.“

Lehrer: „Herbert, was hat dein Vater zu deinem Zeugnis gesagt?“

Herbert: „Soll ich die schlimmen Wörter weglassen?“

Lehrer: „Ja, natürlich!“

Herbert: „Dann hat er nichts gesagt!“

Lehrer: „Alfred, wie nennt man einen Menschen der stiehlt?“

Alfred: „Das weiß ich nicht, Herr Lehrer!“

Lehrer: „Denk doch mal nach! Wenn ich in deine Schultasche greife und einen Euro raus nehme, was bin ich dann?“

Alfred: „Ein großer Zauberer!“

Lehrer: „Matthias, du hast 8 1-Euro Münzen in deiner Hosentasche. Du verlierst 3 Münzen. Was hast du dann?“

Matthias: „Ein Loch in der Hosentasche!“

Lehrerin: „Paul, wenn du 6 Schokoriegel mit deinem Bruder teilen willst, wie viele bekommt dann jeder?“

Paul: „Ich 4 und mein Bruder 2!“

Lehrerin: „Aber das ist nicht die Hälfte?“

Paul. „Aber mein Bruder ist ja auch viel kleiner!“

Lehrer: „Mann soll jeden Tag einen Menschen glücklich machen. Hat jemand gestern einen Menschen glücklich gemacht?“

Oskar: „Ja! Ich! Als ich gestern bei Oma war und wieder ging, war sie sehr glücklich!“

Lehrer: „Eva, wenn du sagst: Ich lerne gern, was für ein Fall ist das?“

Eva: „Ein seltener Fall!“

Lehrer: „Nina, was bedeutet das: Ich laufe, er läuft, sie laufen?“

Nina: „Dann sind alle weg!“

Lehrer zum Schüler: „Wenn Dummheit schnell machen würde, müsstest du bergauf noch bremsen!“

Lehrer: „Max, stell dir vor du siehst wie neben dir jemand einen Hitzschlag, von der warmen Sonne bekommt. Was würdest du tun?“

Max: „Ich lege ihn in den Schatten und mache ihn kalt!“

Der Lehrer fragt die Klasse: „Kinder, was bekommt ihr vom Huhn?"
Kinder: „Eier."
Lehrer: „Kinder, was bekommt ihr von der Kuh?"
Kinder: „Milch." Lehrer: „Was bekommt ihr vom Schwein?"
Kinder: „Hausaufgaben."

Lehrer: „Rene, ich hab einen 1 Euro in diese Säure gelegt. Wird sich der Euro auflösen?“

Rene: „Nein!“

Lehrer: „Sehr gut und warum nicht?“

Rene: „Weil sie ihr Geld sonst nicht hineingelegt hätten!“

Der Jäger kommt nachhause und sagt zu seinem Sohn: „Ich habe vorhin deinen Lehrer getroffen.“

Der Sohn: „Prima, den konnte ich sowieso nicht leiden!“

Lehrer: „Jochen, warum hat ein Stier einen Ring durch die Nase?“

Jochen: „Wahrscheinlich ist er verheiratet!“

Vater stolz zum Max: „Warum klebst du mein Bild in dein Schulheft."
Max: „Weil der Lehrer sehen will, welcher Dummkopf mir bei meinen Hausaufgaben hilft."

Der Lehrer schreibt 2:2 an die Tafel und fragt: „Was bedeutet das?"

Die Antwort der Klasse: „Unentschieden!"

Lehrer: „Aufwachen Hans! Ich glaube nicht, dass unser Klassenzimmer der richtige Platz zum Schlafen ist.“
Hans: „Es geht schon. Sie müssen nur etwas leiser sprechen.“

Das kürzeste Schülergedicht:

Ich lerne, nicht gerne!

Lehrer: „Hitze dehnt aus, Kälte zieht zusammen. Wer weiß ein Beispiel?“

Mona: „Die Ferien im Sommer dauern sechs Wochen, die im Winter nur zwei!"

Lehrerin: „Walter, ist das nicht die Handschrift deiner Schwester?“

Walter: „Kann sein, sie hat mir gestern ihren Füller geliehen!“

Lehrer: „Fritz, wie heißen Deine Eltern?"

Fritz: „Schatzi und Dicker."

Nora zur Mutter: „Übermorgen kommt der Erdbeerschorsch und filmt uns."

Die Mutter schaut verdutzt und erkundigt sich bei der Lehrerin. Darauf der Lehrerin: „Aber nein, übermorgen kommt der Erzbischof und firmt die Kinder!"

Lehrer: „Toni, wo wurde der Friedensvertrag von 1918 unterschrieben?“

Toni: „Unten rechts!“

Lehrer: „Wenn ich 5 Äpfel in der einen Hand und 5 Äpfel in der anderen halte, was habe ich dann?“

Andreas antwortet: „Ziemlich große Hände!“

Der Religionslehrer beschreibt der Klasse den Weltuntergang: „Der Sturm wird die Dächer wegfegen, Flüsse werden über die Ufer treten und Blitz und Donner werden über die Menschheit hereinbrechen!"

Fragt ein Schüler: „Werden wir bei dem Sauwetter Unterricht haben?"

Lehrerin: „Jutta, welcher Vogel baut kein Nest?"

Jutta: „Der Kuckuck!"

Lehrerin: „Und, warum nicht?"

Jutta: „Weil er in der Uhr wohnt!"

Lehrer: „Hans, wenn ich sage, 'ich bin krank' - was ist das für eine Zeit?"

Hans: „Eine sehr schöne Zeit!"

Lehrer: „Emil, wird bei euch zu Hause gebetet?"

Emil: „Ja, im Herbst!"

Lehrer: „Warum nur im Herbst?"

Emil: „Weil da Papa manchmal Pilze sammelt!"

Alex schreibt in seinem Aufsatz: „Am schönsten beim Hinflug nach Barcelona war, als ich meinen Sitznachbarn fragte, was er denn in London machen will!"

Lehrerin: „Olga, zu welcher Familie gehört der Fuchs?"

Olga: „Keine Ahnung! Ich kenne keine Familie, die einen Fuchs hat!"

Lehrer: „Werner, welcher Vogel hat nur ein Bein?"

Werner: „Ein halbes Hähnchen!"

Simon: „Ich habe die Rechenaufgabe vier Mal nachgerechnet!“

Lehrer: „Prima! Was hast du rausbekommen?“

Simon: „Wollen sie alle 4 Ergebnisse wissen?“

Lehrer: „Paul, warum fliegen die Vögel in den Süden?“

Paul: „Ganz einfach, weil es zu Fuß zu weit wäre!“

Lehrer: „Franz, wie oft kann man die 1 von der 20 abziehen?“

Franz: „Einmal, denn dann ist es ja die 19!“

„Martha, die Suppe isst man aber nicht mit einem Messer!“ mahnt die Mutter.

Martha: „Ich weiß, aber meine Gabel tropft!“

Agatha“ Papa, du hast mir 50 Euro versprochen, wenn ich ein gutes Zeugnis hab. Freue dich!“

Papa: „Wieso soll ich mich freuen?“

Agatha: „Du hast dir das Geld gespart!“

Am ersten Schultag schaut Theresa in ihre Schultüte: „Und dafür soll ich nun zehn Jahre lang büffeln?"

Lehrer: „Erik, du kommst schon wieder zu spät in die Schule!“

Erik: „Ja , aber sie sagen doch immer: Zum Lernen ist es nie zu spät!“

Der Lehrer schimpft Paul: „Wie konntest du Vater am Anfang mit einem F schreiben?“

Paul: „Ganz einfach! Mit einem Kugelschreiber!“

Der Lehrer fragt den neuen Schüler: „Na mein Junge, wie heißt du?"

Der Junge: „Nico Müller."

Lehrer: „Und dein Alter?"

Nico: „Franz Müller."

Lehrer: „Joachim, kannst du schwimmen?“

Joachim: „Natürlich!“

Lehrer: „Wo hast du das denn gelernt?“

Joachim: „Im Wasser natürlich!“

Lehrer: „Manfred, du hast dieselben 10 Fehler im Diktat wie dein Tischnachbar. Wie kann das sein?“

Manfred: „Ganz einfach. Wir haben den gleiche Lehrer!“

Lehrerin: „Lars, wer riecht besser als der Mensch?“

Lars: „Die Rose!“

Die Lehrerin stellt Konrad eine Frage: "Angenommen, du hättest 5 Euro und du würdest deinen Papa um weitere 5 Euro bitten, wie viel Geld würdest du dann haben?"

Konrad: "5 Euro!"

Lehrerin: „Kannst du denn immer noch nicht rechnen?"

Konrad: „Doch schon, aber Sie kennen meinen Papa nicht!"

Lehrer: „Jürgen, was verstehst du unter Notwehr?"

Jürgen: „Wenn ich mein Zeugnis selbst unterschreibe!"

Theresa: „Mama, ich möchte heute zu Hause bleiben. Ich fühle mich nicht wohl."

Mama: „Wo denn?"

Theresa: „In der Schule!"

Papa: „Tim, wie war es heute in der Schule?"
Tim: „Es war klasse, wir haben heute Sprengstoff hergestellt!"
Papa: „Prima und was macht Ihr morgen in der Schule?"
Tim: „Welche Schule?"

Tochter: „Mama, gestern hat die Lehrerin Edwin heimgeschickt, weil er sich nicht gewaschen hat."

Mutter: „Und, hat es etwas genützt?"

Tochter: „Natürlich! Heute kam die halbe Klasse ungewaschen zur Schule."

Mutter: „Dein Zeugnis gefällt mir gar ı

Maria: „Mir auch nicht, aber wenigstei
den gleichen Geschmack!"

Lehrer: „Vroni, was ist der letzte Buchstabe im Alphabet?“

Vroni: „Das “T”!“

Lehrer: „Wirklich? Denkst du nicht, dass es „Z“ ist?“

Vroni: „Nein, sonst würde es ja „Alphabez“ heißen!“

Erklärt der Lehrer: „Im Erdinneren ist es mehrere 1000 Grad heiß.“

Da meldet sich Max: „Das kann nicht sein, dann hätte ich nicht immer so kalte Füße!“

Lehrer: „Johann, Englisch musst Du können. Es sprechen 600 Millionen Menschen auf der Welt diese Sprache!"

Johann: „Na, das reicht doch wohl!"

Lehrer: „Werner, was machst du, wenn du einen Lehrer im Bus stehen siehst?“

Werner: „Ich glaube, dann warte ich auf den nächsten!“

Der Lehrer fragt in die Klasse: „Wie viele Inseln gibt es in der Karibik und wie heißen sie?“

Georg: „Es gibt viele Inseln in der Karibik, und ich heiße Georg.“

Lehrer: „Wer weiß, was flüssiger als Wasser ist?"

Paul: „Hausaufgaben! Die sind überflüssig.“

Papa: „Michel, wo ist dein Zeugnis?“
Michel: „Bei meinem Freund Heiko.“
Papa: „Warum?“
Michel: „Er wollte seine Eltern erschrecken.“

Anton: „Herr Doktor, hat diese Medizin schwere Nebenwirkungen?“

Doktor: „Oh ja! Morgen kannst du wieder in die Schule gehen!“

Lehrer zur Klasse: „Jeder der denkt, er sei doof, steht bitte auf."
Franz steht als einziger auf.
Lehrer: „Franz, warum bist du aufgestanden, denkst du, du bist blöd?"
Franz: „Nein, aber ich wollte Sie nicht alleine stehen lassen."

Dominik wird von der Schule abgeholt. Sein Vater fragt: „Wie war dein erster Schultag?“

Dominik: „Was heißt denn bitte erster Schultag? Muss ich da nochmal hin?“

Martin zum Lehrer: „Darf man für etwas bestraft werden, was man überhaupt nicht gemacht hat?"
Lehrer: „Nein Martin, das wäre ja total ungerecht."
Martin: „Prima, ich habe meine Hausaufgaben nämlich nicht gemacht."

Lehrer: „Kilian, wie heißen die 4 Elemente?“

Kilian: „Feuer, Erde, Wasser und Fußball.“

Lehrer: „Wie kommst du auf Fußball?“

Kilian: „Immer wenn Papa Fußball schaut, sagt Mama: Jetzt ist er wieder in seinem Element!“

Klaus: „Papa, kannst du mit geschlossenen Augen schreiben?" Papa: „Ja natürlich kann ich das."

Klaus: „Super, dann unterschreibe bitte mal bitte mein Zeugnis."

Der Lehrer zeigt zwei Eier. Das eine Ei ist braun und das andere weiß.

Lehrer: „Walter, was fällt dir auf?"

Walter: „Das braune Ei war wohl im Urlaub."

Lehrerin: „Wenn ich im Schulhof ein tiefes Loch grabe, wo komme ich dann hin?"
Markus antwortet: „Ins Irrenhaus!"

Lehrer: „Um Fußball spielen zu können braucht man Schnelligkeit, Ausdauer, Konzentration und?"

Werner: „Einen Ball!"

Lehrerin: „Mona, bringt es Pech einer schwarzen Katze zu begegnen?“

Mona: „Es kommt drauf an?“

Lehrerin: „Worauf?“

Mona: „Ob man ein Mensch oder eine Maus ist!“

Lehrer: „Jonas, kannst du mir sechs Tiere nennen, die in Australien leben?"
Jonas: „Ein Koalabär und fünf Kängurus.“

Lehrer: „Georg, warum antwortest du immer mit einer Gegenfrage?“

Georg: „Tue ich das wirklich?“

Egal wie leer du bist – es gibt Menschen die sind Lehrer!

Franz: „Papa, am Telefon ist Sonjas Vater. Er würde gern wissen, wann du mit meinen Hausaufgaben fertig bist. Er möchte sie dann abschreiben."

Lehrer: „Walter, wie bezeichnet man einen Mann, der nicht verheiratet ist?"
Walter: „Ledig.“
Lehrer: „Und wie bezeichnet man einem Mann, der verheiratet ist?"
Walter: „Erledigt!"

Beim Wandertag sieht die Klasse Schwäne auf einem See. Fragt der Lehrer: „Hättet ihr auch gerne so lange Hälse?"

Antwortet Luca: „Beim Waschen nicht, beim Diktat schon!"

Lehrer: „Werner, beweise mir, warum die Erde rund ist und warum sie sich dreht!“

Werner: „Entschuldigen sie Herr Lehrer, aber das habe ich nie behauptet!“

Oma fragt Tom: „Gefällt es dir in der Schule?“

Tom: „Eigentlich ganz gut. Nur geht hat jedes Mal ein halber Tag verloren!“

Lehrerin: „Sören, was ist die Hälfte von 6?“

Sören: „Ist doch klar! Halb 6.“

Lehrer: „Lukas, was versteht man unter einer Bahnunterführung?“

Lukas: „Kein Wort, wenn ein Zug darüber fährt!“

Warum spielen Lehrer nicht verstecken?

Weil sie keiner suchen würde!

Tom: „Mama, heute hat mich der Lehrer gelobt!“

Mama: „Sehr schön! Warum denn eigentlich?“
Tom: „Von den Kindern, die nachsitzen mussten, war ich der bravste!“

Lehrer: „Harald, wie groß ist ein Kamel?"

Harald: „Nicht größer als sie.“

Lehrer: „Wie kommst du denn darauf?"

Harald: „Meine Mutter sagt immer, ein größeres Kamel als euren Lehrer gibt es nicht!"

Paul: „ Am Mittwoch und an Tagen die mit `G` enden hab ich keine Lust auf die Schule.“

Lehrerin: „Josef, was ist näher: Der Mond oder China?"

Josef: „Der Mond ist näher! Ihn sehe ich manchmal, China nie."

Am Flughafen sagt der Lehrer zu seiner Frau: „Wir hätten den Esstisch mitnehmen sollen!“

Seine Frau: „Wie kommst du auf diese Idee?“

Lehrer: „Da liegen die Flugtickets drauf!“

Martin fragt: „Herr Lehrer, ist der Stille Ozean eigentlich den ganzen Tag still?"

Lehrer: „Frag doch bitte mal etwas Vernünftiges!"

Martin: „Woran ist eigentlich das Tote Meer gestorben?"

Lehrer: „Viona, was kannst du mir über Karl den Vierten erzählen?"

Viona: „Er starb und nach ihm kam Karl der Fünfte."

Lehrer: „Hans, wenn deine Mutter dir 3 Brezeln mitgibt und du hast eine gegessen, was hast du dann?“

Hans: „Immer noch Hunger!“

Lehrer: „Georg, ich lege drei Eier auf den Tisch und du legst noch einmal vier Eier dazu, wie viele sind es dann?“

Georg: „Tut mir leid, Herr Lehrer, ich kann keine Eier legen.“

Schüler: „Warum habe ich eine Sechs?“

Lehrerin: „Weil ich keine Sieben geben darf.“

Lehrerin: „David, wenn ich sage, ich bin schön gewesen, dann spreche ich in der Vergangenheitsform. Wenn ich nun aber sage, ich bin schön, was ist das?"

David: „Dann ist das eine Lüge!"

Lehrer: „Florian, du hast deine Hausaufgaben schon wieder nicht gemacht. Das werde ich deinen Eltern sagen!“

Florian: „Das wird nichts nützen. Die wollen sie auch nicht machen!“

Dirk: „Papa, was ist ein Ferkel?“

Vater: „Ein Ferkel ist ein Kind von einem Schwein. Warum fragst du?“

Dirk: „Meine Lehrerin hat mich heute Ferkel genannt!“

Lehrer: „Wem gehört dieser Schal?“

Nicole: „Der sieht aus wie meiner, aber meiner kann es nicht sein. Den hab ich verloren.“

Patient: „Ich spreche immer, wenn andere schlafen?“

Arzt: „Sind sie Nachtwächter?“

Patient: „Nein, Lehrer!“

Lehrer: „Dirk, was ist ein Durchschnitt?“

Dirk: „Da legen Hühner ihre Eier?“

Lehrer: „Wie kommst du denn auf diese Idee?“

Dirk: „Ich hab gelesen, dass Hühner im Durchschnitt 100 Eier im Jahr legen!“

Was ist der Unterschied zwischen Lehrern und Gott?
Gott weiß alles, Lehrer wissen alles besser!

Der Papa sagt zu Emil: „Emil, deine Lehrerin macht sich große Sorgen wegen deiner schlechten Noten!"
Emil: „Ach, Papa, was gehen uns denn die Sorgen anderer Leute an?"

Die Lehrerin schimpft: „Tom, ich hoffe, dass ich dich nicht noch einmal beim Abschreiben erwische!“
Tom: „Das hoffe ich auch."

Lehrer: „Welche Muskeln werden beansprucht, wenn ich boxe?"
Herbert: „Meine Lachmuskeln!"

Lehrerin: „Wenn ich sage, dass ich schön bin, welche Zeit ist das?"
Yvonne antwortet: „Vergangenheit!"

Lehrer: „72 % aller Schüler in der Klasse haben keine Ahnung von Prozentrechnung!"
Da lachen die Schüler: „Aber Herr Lehrer, so viele sind wir doch gar nicht!"

Malte: "Herr Lehrer, was heißt das, was Sie unter meinen Aufsatz geschrieben haben?"
Lehrer: "Das du deutlicher schreiben musst!"

Lehrerin: „Sandra, warum sind die Häuser in der Schweiz so häufig aus Holz?“

Sandra: „Weil die Schweizer die Steine für ihre Berge brauchen.“

„Wer von eurer Klasse ist denn der Klügste?“,

will der Großvater wissen .-„Keiner“ antwortet Max .„Unser Lehrer sagt immer,von uns sei einer dümmer als der andere !“

Lehrer: „Alle Wörter, die mit "un-" anfangen, bedeuten meist was schlechtes. Zum Beispiel unaufmerksam, ungeduldig, unfreundlich usw. Maik, kennst du auch so ein schlechtes Wort?"
Maik: „Unterricht."

Lehrer: „ Michael, welche vier Worte werden in der Schule am häufigsten gebraucht?"

Michael: „Das weiß ich nicht.“

Lehrer: „Richtig!"

Die letzten Worte des Sportlehrers?

Alle Speere zu mir!

Florian kommt aufgeregt und zu spät in die Schule: „Ich bin von Räubern überfallen worden!"

Lehrerin: „Was haben sie dir geraubt?"

Florian: „Gott sei Dank nur meine Hausaufgaben!"

Sonja: „Papa, schreibt man Pferd mit F oder mit V?“

Papa: „Das weiß ich jetzt auch nicht! Schreib einfach - Gaul!“

Lehrer: „Franziska, was bedeutet das Wort Magie?"

Franziska: „Das gibt man in die Suppe!"

Lehrerin: „ Karl, was ist 5+5-10?“

Karl: „Das ist eine Matheaufgabe!“

Lehrerin: „Günther, auf welcher Seite des Menschen befindet sich das Herz?"

Günther: „Auf der Innenseite!"

Lehrer: „Kann man Hauptwörter konjugieren?"

Robert: „Ja!"

Lehrer: „Dann konjugiere das Wort Magnet!"

Robert: „I mag net, du magst net!"

In der Schule sind zwei Garderobenhaken angebracht worden. Darüber ein Schild: - Nur für Lehrer!-

Am nächsten Tag klebt ein Zettel darunter: - Aber man kann auch Mäntel daran aufhängen!-

Vater: „Robert, ich habe gehört, dass es in der Schule eine große Prügelei gab. Ist dir da was zu Ohren gekommen?“

Robert: „Ja Papa. Hauptsächlich auf das Linke!“

Lehrerin: „Jonas, kannst du mir den Unterschied zwischen ‚ausreichend‘ und ‚genug‘ erklären?“

Jonas: „Ausreichend ist, wenn Mutti mir Schokolade gibt. Genug ist, wenn ich mir selber welche nehme!“

Lehrer: „Georg, betest du vor dem Einschlafen?“

Georg: „Nein, das macht meine Mutter.“

Lehrer: „Was betet sie?“

Georg: „Gott sei dank, dass er endlich im Bett ist!“

Sportlehrer: „Tom, wie viele von den 10 Liegestützen hast du geschafft?“

Tom: „Genau die Hälfte. Liegen kann ich, nur stützen nicht.“

Lehrerin: „Erna, wie lautet die Zukunftsform von – ich stehle?“

Erna: „Ich sitze im Gefängnis.“

Was ist der Unterschied zwischen Lehrern und Vampiren?

Vampire quälen ihre Opfer nur in der Nacht!

Jasmin geht in die Bücherei: „Haben sie das Buch – Wie verstehe ich meinen Lehrer?“

Buchhändlerin. „Erster Stock, gleich rechts bei den Märchenbüchern!“

Regina: „Herr Lehrer, wollten sie heute nicht über das Gehirn sprechen!“

Lehrer: „Stimmt, aber heute habe ich was anderes im Kopf!“

Lehrer zur Klasse: „Manchmal hab ich das Gefühl, das ich der einzige bin, der hier arbeitet!“

Schüler: „Sie sind ja auch der einzige, der hier bezahlt wird!“

Lehrer: „Klaus, es gibt Millimeter, Zentimeter und…?

Klaus: „Elfmeter!“

Lehrer: „Georg du hast schon wieder Kaugummi im Mund. Ab in den Papierkorb!“

Georg: „Meinetwegen! Der Kaugummi auch?“

Lehrer: „Reiner, was passiert mit Gold, wenn man es an der frischen Luft liegen lässt?“

Reiner: „Es wird gestohlen!“

Lehrer: „Armin, warum hast du einen Verband um den Kopf?“

Armin: „Ich bin von der Leiter gefallen!“

Lehrer: „Hoch?“

Armin: „Nein, runter!“

Lehrer: „Ronny, sag mir mal dein Lieblingsgedicht!“

Ronny: „Alle schlafen, einer spricht, so was nennt man Unterricht!“

Lehrer: „Anita, die Giraffen gehören zu den...?“

Anita: „Säugetieren.“

Lehrer: „Richtig und die Heringe gehören zu den...?“

Anita: „Bratkartoffeln!“

Lena: „Ich möchte ein Haus malen!“

Lehrerin: „Toll, mit einem Garten?“

Lena: „Nein, mit einem Stift!“

Lehrer: „Ernst, was hatten wir gestern auf?“

Ernst: „Sie gar nichts und ich eine Baseballkappe!“

Lehrer: „Fritz hast du in den Ferien viel erlebt?“

Fritz: „Ja schon! Aber für einen Aufsatz wird es wohl nicht reichen!“

Lehrer: „Günther, jetzt sag mir das Ergebnis von 7 mal 6 ohne Taschenrechner!“

Günther: „Gerne, bis wann brauchen sie das Ergebnis?“

Lehrerin: „Lena, wo würdest du gerne deinen Urlaub verbringen?“

Lena: „In Sicht.“

Lehrerin: „Wo ist denn das?“

Lena: „Keine Ahnung, aber der Mann von der Wettervorhersage sagte gestern: Schönes Wetter in Sicht.“

Lehrer: „Lars, ich hab dir doch gestern die Rechenaufgabe gegeben, wie lange ein Mann für 93 Kilometer braucht, wenn er 5 km/h pro Stunde geht!“

Lars: „Tut mir leid, mein Papa ist noch unterwegs!“

Lehrer: „Katrin, wie alt bist du?“

Katrin: „8 Jahre.“

Lehrer: „Und was willst du einmal werden?“

Katrin: „9 Jahre!“

Lehrer: „Ihr könnt jetzt malen, was ihr wollt!“

Danach schaut er sich die Bilder der Klasse an.

Lehrer: „Claudia, du hast einen Engel mit 3 Flügeln gemalt. Hast du schon mal einen Engel mit 3 Flügeln gesehen?“

Claudia: „Haben sie schon mal einen Engel mit 2 Flügeln gesehen?“

Kevin: „Mama, ich hab eine gute und eine schlechte Nachricht. Die gute, die Schule ist abgebrannt!“

Mutter: „Um Himmels Willen, was ist denn dann erst die schlechte Nachricht?“

Kevin: „Die Zeugnisse wurden gerettet!“

Lehrer: „Wie lautet die Mehrzahl von Sand?“

Sonja: „Wüste!“

Lehrer: „Robin, wo habt ihr eure Ferien verbracht?“

Robin: „Wir waren in Schottland und sind im Loch Ness gesegelt.“

Lehrer: „Und wie war das?“

Robin: „Ungeheuerlich!“

Als Kurt nachhause kommt, erwartet ihn seine Mutter.

Mutter: „Deine Lehrerin hat angerufen und sich schon wieder über dich beschwert!“

Kurt: „Das kann gar nicht sein! Heute war ich gar nicht in der Schule!“

Uli kommt 5 Minuten zu spät zur Schule. In der Aula sieht er den Direktor.

Direktor: „5 Minuten zu spät!“

Uli: „Ich auch!“

Lehrerin: „Verena, warum schreibst du so schnell?“

Verena: „Ich muss mich beeilen! Meine Tintenpatrone ist gleich leer!“

Lehrer: „Kuno, wer war der erste Mann?“

Kuno: „Adam.“

Lehrer: „Richtig und wer war die erste Frau?

Kuno: „Seine Mutter!“

Der Lehrer sagt zum Vater von Georg: „Ihr Sohn wusste nicht einmal, dass Jesus gestorben ist!“

Vater: „Wir haben keinen Fernseher. Ich wusste nicht einmal, dass er krank war!“

Lehrerin: „Michael, wie lange hat Moses gelebt?“

Michael: „Solange, bis er gestorben ist!“

Lehrer: „Pia, ich schenke dir heute 2 Katzen und morgen 2 Katzen. Wie viele Katzen hast du dann?“

Pia: „5.“

Lehrer: „Kannst du nicht rechnen?“

Pia: „Doch, eine haben wir ja schon zuhause!“

Lehrer: „Weiß jemand, woran die Dinosaurier ausgestorben sind?“

Lilly: „Ich weiß es! Sie waren zu groß und passten nicht auf die Arche Noah!“

Bernd ist schon wieder zu spät zum Unterricht gekommen.

Der Lehrer: „Bernd, weißt du denn nicht, dass der frühe Vogel den Wurm fängt?“

Bernd: „Doch, aber der späte Wurm überlebt!“

Der Lehrer geht essen und liest die Speisekarte.

Kellner: „Haben sie etwas gefunden?“

Lehrer: „Ja, bisher 9 Rechtschreibfehler!“

Wie viele Lehrerwitze gibt es?

Keinen! Die sind alle wahr!

Dennis: „Was haben wir heute eigentlich gelernt?“

Lehrer: „Das ist eine dumme Frage!“

Dennis: „Das finde ich auch, aber zu Hause fragen sie mich das auch immer so dumm.“

Lehrer: „Lena, wie viele Erdteile gibt es?“

Lena: „Sechs.“

Lehrer: „Bitte etwas genauer!“

Lena: „Eins, zwei, drei, vier, fünf, sechs!“

Mutter: „Olaf, warum kommst du so spät aus der Schule?“

Olaf: „Die anderen Kinder sind einfach gegangen, ohne mich zu wecken!“

Lehrer: „Michael, wie viele Gebote gibt es?“

Michael: „Zehn, Herr Lehrer!“

Lehrer: „Richtig! Was passiert, wenn du eins brichst?“

Michael: „Dann gibt es nur noch neun!“

Die Schule brennt. Entsetzt sieht der Lehrer wie die Kinder Papier ins Feuer werfen.

Lehrer: „Seid ihr verrückt! Was macht ihr da?“

Kinder: „Keine Sorge, das ist Löschpapier.“

Lehrer: „Lisa, was ist das für eine Zeit, wenn ich sage: Ich habe zu Mittag gegessen.“

Lisa: „Eine Mahlzeit!“

Die Lehrerin legt ihre neue Jacke auf den ersten Tisch: „Kinder, Hefte raus und beschreibt mal meine neue Jacke!“

Nach einer Weile meldet sich Erik: „Schreibt man scheußlich mit eu oder äu?“

Lehrer: „Martina, wie war dein Urlaub?“

Martina: „Es gab tolles Wetter, einen großen Pool und leckeres Essen.“

Lehrer: „Also ein toller Urlaub?“

Martina: „Leider nicht, es gab kein WLAN.“

Können Lehrer schwimmen?

Einerseits ja – sie sind ja hohl.

Andererseits nein – denn sie sind nicht ganz dicht!

Der Lehrer schimpft Tom: „Das Einmaleins muss wie aus der Pistole geschossen kommen! Wie viel ist 2 mal 2?“

Tom: „Peng, peng, peng, peng!“

Hans ist sauer und sagt zum Lehrer: „Mir hat auch schon manches an ihnen nicht gepasst, aber deshalb bin ich nie auf die Idee gekommen, es ihren Eltern zu sagen!"

Lehrer: „Robert, du hast 5 Euromünzen. Dein Bruder nimmt dir 2 weg. Was gibt das dann?“

Robert: „Prügel!“

Mutter: „Tanja, hast du am ersten Schultag schon was gelernt?“

Tanja“ Ja, dass alle anderen Kinder mehr Taschengeld bekommen als ich!“

Lehrer sind wie Babys. Sie denken, sie können durch schreien alles erreichen!

Lehrer: „Rita, auf dem Bild sind zwei Vögel. Ein Spatz und ein Fink. Sag mit bitte welcher der Fink ist?“

Rita: „Das ist der Vogel neben dem Spatz!“

Florian:“ Mein Lehrer hat keinen Ahnung!“

Vater: „Wie kommst du denn darauf?“

Florian: „Dauernd fragt er mich etwas!“

Lehrerin: „Erich, dein Bruder hat auch die Grippe?“

Erich: „Ja, aber bei mir war sie viel schlimmer!“

Lehrerin: „Warum denn das?“

Erich: „Ich hatte sie während der Ferien!“

Hausaufgabe: Beschreibe dein Kinderzimmer!

Nicole: „Meine Mama hat mir das Beschreiben meines Zimmer verboten!“

Mitten im Unterricht holt Fabian seine Brotzeitbox heraus.

Lehrerin: „Hier gibt es aber kein Frühstück!“

Fabian: „Das dachte ich mir schon. Darum hab ich eins mitgebracht!“

Lehrer: „Maria, deine guten Ideen sind wie Diamanten!“

Maria: „So wertvoll?“

Lehrer: „Nein, so selten!“

Lena geht in die erste Klasse.

Die Oma fragt: „Lena, kannst du den schon das ABC?“

Lena: „Oma, natürlich! Sogar schon bis 100!“

Heißt es: 9 + 6 sind 14 oder 9 + 6 ist 14?

Weder noch 9 + 6 ergibt 15!

Der Opa fragt Dennis: „Gehst du gern zu Schule?“

Dennis: „Ja sehr gerne hin und zurück. Nur die Zeit dazwischen gefällt mir nicht so gut!“

Lehrerin: „Philipp, zähl mal das ABC auf!“

Nach einer Weile fragt die Lehrerin: „Kannst du es nicht?“

Philipp : „Doch, mir fällt nur nicht der Anfang ein“!

Was ist der Unterschied zwischen einer Schule und Lidl?

Lidl lohnt sich!

Lehrer: „Kann mir jemand sagen wie die Frau von Herkules geheißen hat?“

Robert: „Frau Kules!“

Schule ist wie – Mensch, ärgere Dich nicht!

Hast du eine 6 darfst du nochmal

Der Vater fragt den Lehrer: „Gib es nicht doch eine Chance, damit mein Sohn die Klasse besteht?“

Lehrer: „Leider nein!Mit dem Zeugnis ihres Sohnes könnten noch 2 weitere Schüler sitzenbleiben.“

Die Lehrerin fragt die Mutter: „Woher hat Karin eigentlich ihren Wissensdurst?“

Mutter: „Das Wissen von mir, den Durst vom Vater!“

Die Lehrerin will die Namen der 3 neuen Schüler wissen.

Kind 1: „Ich heiße Hans“

Lehrerin: „Das heißt Johann!“

Kind 2: „Ich heiße Sepp!“

Lehrerin: „Das heißt Josef!“

Kind 3: „Dann heiße ich wohl Jokurt!“

Lehrer: „Max, wenn du 5 Gummibärchen hast und ich bitte dich, mir eins zu geben, wie viele Gummibärchen hast du dann noch?“

Max: „5!“

Vater: „Eva, worüber habt ihr heute im Religionsunterricht gesprochen?“

Eva: „Nur über Adam und mich!“

Lehrer sind Leute, die einem bei Problemen helfen, die man ohne sie nie gehabt hätte!

Wie viele Lehrer braucht man, um eine Glühbirne zu wechseln?

Zwei. Einen der sie wechselt und einen, der es besser kann.

Jens: „Schule ist Zeit, Zeit ist Geld und Geld ist Luxus. Auf Luxus kann ich verzichten!“

Lehrer haben vormittags recht und nachmittags frei!

Der Fuchs ist schlau und stellt sich dumm, bei Lehrern ist es andersrum!

Klara erzählt ihren kleinen Bruder: „Heute haben wir alles über die Entfernung des Mondes gelernt!“

Ihr Bruder: „Toll und wie entfernt man ihn?“

"Patient: „Herr Doktor, ich habe das Gefühl, keiner nimmt mich ernst.“ Doktor: „Sie scherzen.“"

Toni kommt weinend aus der Schule heim.

Mutter: „Toni was, ist los?“

Toni: „Unser Lehrer war 3 Wochen krank, heute ist….“

Mutter: „Oh je..“

Toni: „Wieder gesund in die Schule gekommen!“

Lehrer: „Tom, was ist der Unterschied zwischen Kindern und Erwachsenen?“

Tom: „Kinder wachsen in die Länge, Erwachsene nur noch in die Breite!“

Lehrer: „Gerd, wie heißt die Befehlsform von Schweigen?“

Gerd: „Psst!“

Vater: „ So ein Mist, ich habe im Lotto keine einzige Zahl richtig.“

Franz: „Mach dir nichts draus! Mir ging es in der Matheprobe genauso!“

Lehrerin: „Luis, wer hat dir das eben vorgesagt?“

Luis: „Ich verrate doch niemanden und meinen besten Freund Paul sowieso nicht!“

Lehrerin: „Paul, könntest du mir ein paar Tiere nennen?“ Paul: „Pferdchen, Eselchen, Schweinchen...“ Lehrerin: „Lass doch bitte das -chen weg.“ Paul: „Eichhörn, Kanin, Erdmänn ...“

Tim schreibt in einem Diktat das Wort „Tiger“ klein. Da sagt die Lehrerin: „Alles, was man anfassen kann, schreibt man groß!“ Tim: „Haben Sie schon mal versucht einen Tiger anzufassen?“

Opa: „Na, Hans, willst du immer noch Fußballspieler werden?“

Hans: „Nein, Opa, ich habe gehört, die müssen nach jedem Spiel duschen!“

Vater: „Ich habe Morgen einen Arzttermin, aber keine Lust hinzugehen!“

Tochter: „Ruf doch einfach an und sag das du krank bist.“

Ein Mann kommt in die Bäckerei und fragt nach 99 Brötchen. Der Bäcker fragt: „Warum bestellen Sie nicht gleich 100 Brötchen?“ Der Mann: „O Gott, o Gott. Wer soll denn die 100 Brötchen essen?“

Lisa: „Meine Mutter liebt Sport.“ Lehrer: „Welche Art von Sport mag sie denn?“ Lisa: „Ritter Sport.“

Herr Müller fragt Herr Pauli: „Wie ist denn Ihr neuer Wachhund?“ Herr Pauli: „Der ist so gut. Seit drei Tagen schlafe ich in einem Hotel, weil er mich nicht in mein Haus lässt.“

Alltagswitze

Günther: „Papa, Karotten sind doch gut für die Augen, oder?“

Vater: „Ja natürlich, oder hast du schon mal einen Hasen mit Brille gesehen?“

„Du Papi, können wir mit dem Schwimmunterricht aufhören?“, fragt Tom.

„Warum denn, hast du keine Lust mehr?“, fragt der Vater.

Tom: „Nö, aber keinen Durst!“

Nils: „Wenn ich einen Euro hätte, für jedes Mädchen, das mich nicht mag, dann würden mich die Mädchen mögen!“

Johann hat ein Einstellungsgespräch für eine neue Arbeitsstelle.

Johann: „Und wie sieht es mit der Bezahlung aus?“

Chef: „Am Anfang 1500 Euro und später 1800 Euro!“

Johann: „Prima, dann komme ich später wieder!“

Jürgen ärgert seinen Freund: „Weißt du, was passiert wenn der Geier ausstirbt?“

Sein Freund: „Nein!“

Jürgen: „Dann bist du der hässlichste Vogel!“

Nico fragt den Doktor: „Sind Möhren eigentlich gesund?“

Antwortet der Doktor: „Na klar mein Junge! Bei mir in der Sprechstunde waren jedenfalls noch keine!“

Mann: „Gib mir mal das Ketchup!"
Frau: „Wie heißt das Zauberwort?"

Mann: „Keine Ahnung, ich schaue kein Harry Potter!"

Moni kommt jammernd aus der Küche.

Papa: „Was ist denn los?"

Moni: „Das gemeine ist, das ein heißes Backblech wie ein kaltes Backblech aussieht"

Zuerst schuf Gott den Mann und sah, das es gut war. Dann schuf er die Frau, schaute und sagte: „OK, die müssen sich halt schminken!"

Sagt die Frau zu ihrem Mann: „Schatz, ich habe gerade die Wintersachen anprobiert. Der Schal passt noch!"

Dirk: „Papa, was ist ein Ferkel?“

Vater: „Ein Ferkel ist ein Kind von einem Schwein. Warum fragst du?“

Dirk: „Meine Lehrerin hat mich heute Ferkel genannt!“

Anna kommt mit klatschnassen Haaren ins Wohnzimmer.

Fragt die Mutter: "Ist es denn unbedingt nötig, dass du deinen Fischen einen Gute Nacht Kuss gibst?

Patient: „Guten Morgen, Herr Doktor!“

Doktor: „Haben Sie ein Augenproblem?“

Patient: „Ja, woher wissen Sie das?“

Doktor: „Sie sind nicht durch die Tür, sondern durchs Fenster reingekommen!“

Hubert: „Ich will mal Astronaut werden, wie mein Papa!“

Mina: „Wow, dein Papa war Astronaut?“

Hubert: „Nein, aber er wollte einer werden!“

Hast du schon wieder mein Deo benutzt? – Ich bin Robin Hood. Ich stehle es und verteile es unter den Armen.

Der Augenarzt sagt nach der Untersuchung zu Opa: „Wie haben sie eigentlich hierher gefunden?“

Der Mann kommt von der Arbeit heim.

Mann: „Wo steht den das Essen?“

Frau: „Im Kochbuch, auf Seite 37!“

Fragt Sebastian: „Papa, wenn man beim Auto die Bremse und das Gaspedal gleichzeitig drückt, macht dann das Auto einen Screenshot?“

Frau zu ihrem Mann: „Ich habe heute ein Kleid gekauft, das mich viel schlanker aussehen lässt!“

Mann: „Dann ziehe es mal an!“

Frau: „Ich trage es bereits!“

Gute Nachricht: Ich bekomme endlich den obersten Knopf meiner Jeans zu. Schlechte Nachricht: Ich habe sie leider nicht an.

Meine Nachricht an den Typen, der mir meine Daunenjacke gestohlen hat: „Du kannst dich warm anziehen".

Kilian und Franz gehen an einem ausgetrockneten See vorbei. Kilian: „Schau mal, der See ist weg!" Darauf sagt Franz: „Das war bestimmt ein Seeräuber!"

Lea: „Ich bin schon ganz aufgeregt, was ich heute als erstes voll Blöd finden werde!“

Frau zu ihrem Mann: „Was liebst du an mir am meisten? Mein gutes Aussehen oder meine Intelligenz?“

Mann: „Deinen Sinn für Humor!“

Ein Ehepaar schaut sich eine Tiersendung im Fernsehen an. Sagt sie Frau: „Schatz, findest du nicht auch, dass Nagetiere dumm und gefräßig sind?“

Mann: „Ja, mein Mäuschen!“

Zwei Stifte gehen durch den Wald. Kommt noch einer dazu. Sagt der eine zum anderen: „Ich geh' jetzt. Mir wird es zu bunt!"

Patient: „Herr Doktor, alle behaupten, ich wäre eine Uhr!"

Doktor: „Ach, die wollen Sie doch nur aufziehen."

In welcher Zeitung steht es, wenn eine Frau ihren Mann zum Fenster rauswirft?

In der Zeitschrift – Schöner Wohnen!

Ewald fährt nach England. Er fragt die Frau im Reisebüro: „Soll ich dort meinen Tee mit der linken, oder der rechten Hand umrühren?"

Frau: „Weder noch! Nehmen sie bitte einen Löffel!"

Kellner: „Ihr Glas ist leer! Wollen sie noch eins?“

Gast: „Aber nein! Was will ich mit zwei leeren Gläsern!“

Mutter: „Frank, iss endlich deine Suppe auf! Andere wären froh, wenn sie auch nur die Hälfte davon hätten."

Frank: „Ich auch!“

Marina steht mit geschlossenen Augen vor dem Spiegel.

Mama: „Was soll denn der Unsinn?“

Marina: „Ich will nur sehen, wie ich aussehe, wenn ich schlafe!“

Der Mann zu seiner Frau: „Früher war alles leichter. Ich zum Beispiel!“

Oma: „Fabian, du darfst Dir von mir ein schönes Buch wünschen."

Fabian: „Dann wünsche ich mir Dein Sparbuch."

Konrad kommt weinend angelaufen. Mama fragt: „Warum weinst du so fürchterlich?"
Konrad: „Papa, hat sich mit dem Hammer auf den Daumen gehauen."
Mama: „Deshalb musst du doch nicht so schrecklich weinen!"
Konrad: „Zuerst habe ich ja auch nur gelacht."

Zwei Opas unterhalten sich. Sagt der eine: „Ich habe ein neues Hörgerät bekommen!"
Der Zweite: „Toll, wie viel hat es denn gekostet?"
Darauf der Erste: „15:30 Uhr!"

Harald zu seinem Vater: „Soll ich dir von meiner ersten Fahrt mit deinem Auto erzählen, oder willst du es morgen in der Zeitung lesen?"

Ober: „Wie hat ihnen die Suppe geschmeckt?“

Gast: „Das Salz schmeckte ausgezeichnet! Nur etwas wenig Suppe war dran!“

Kevin: „Papa weißt du welcher Zug am meisten Verspätung hat?"
Vater: „Nein."
Kevin: „Der, den du mir letztes Jahr zu Weihnachten schenken wolltest!"

Zwei Freunde schauen zusammen Fußball: „Ein gutes Spiel“, sagt der eine, „nur die Tore fehlen!“

„Wieso, da stehen doch zwei!“

Kunde: „Sind das deutsche oder ausländische Erdbeeren?“

Darauf der Verkäufer: „Wollen Sie sie essen oder mit ihnen sprechen?“

Erik sitzt mit seinem Vater im Biergarten und fragt: „Papa, wie merkt man eigentlich, dass man betrunken ist?"
Vater: „Siehst du die zwei Männer dort am anderen Tisch? Wenn du vier siehst, dann bist du betrunken."
Erik: „Aber Papa, da sitzt doch nur einer."

Tom fragt Sonja: „Willst du mit mir gehen?“

Sonja: „Fällt dir denn nichts Besseres ein“?

Tom: „Doch, aber die wollte nicht…“

Eine Frau sagt zum Arzt: „Herr Doktor, niemand hört mir zu!“

Darauf der Doktor: „Der Nächste bitte!“

Mutter: „Sarah, schläfst du schon?"

Sarah: „Ja Mama, schon lange!"

Die Mutter zu ihren Sohn: „Bin ich eigentlich eine gute Mutter, Manuel?"
Sohn: „Ich heiße Michael…"

Elvira: „Vielen lieben Dank für dein Geburtstagsgeschenk, Onkel Hans."

Onkel Hans: „Aber das war doch kaum der Rede wert."

Elvira: „Das dachte ich auch, aber Papa hat gesagt, ich soll mich trotzdem bedanken."

Gerd: „Es gibt zwei Dinge die ich überhaupt nicht mag!"

Moritz: „Und das wären?"

Gerd: „Erstens: Menschen die immer angeben und zweitens: Wenn ich beim Laufen von der Polizei geblitzt werde!"

Meister: „Hör auf beim Arbeiten am Handy herum zu spielen!“

Arbeiter: „Aber Meister, ich arbeite doch gar nicht!“

Das Ehepaar sitzt beim Essen. Der Mann schiebt dem Hund seinen Teller zu.

Frau: „Du willst doch wohl nicht dein Essen dem Hund geben?“ Mann: „Aber nein, nur tauschen!“

Robert schaut seinem Vater zu, wie er sich mit einem Elektrorasierer rasiert. Nach einer Weile fragt Robert: „Papa, wenn ich groß bin, bekomme ich dann auch einen Staubsauger fürs Gesicht?“

Ein Schneemann sagt zum anderen: „Komisch, immer wenn die Sonne scheint, läuft es mir eiskalt den Rücken herunter!“

Roman kommt stolz nach Hause und sagt: „Ich habe beim Fußballspiel zwei Tore geschossen!“

Der Vater fragt: „Und wie ist es ausgegangen?“

Roman: „1 zu 1.“

Tanja: „Du Papa, die Intelligenz hab ich von dir."
Papa: „Das freut mich ja sehr, dass du das sagst, aber wie kommst du denn darauf?"
Tanja: „Na, Mama hat ihre ja noch!"

Der Pfarrer fragt in der Schule: „Was müsst ihr zuerst tun, damit euch eure Sünden vergeben werden?“

Jonas: „Zuerst sündigen, Herr Pfarrer!“

Egal wie traurig du bist – Im Kühlschrank brennt immer ein Licht für dich!

Zwei Eskimos gehen abends nach Hause.

Fragt der eine: „Wo ist denn dein Iglu?“

Darauf der andere: „Oh je, ich glaube ich habe das Bügeleisen nicht ausgesteckt!“

Nils: „Mutti, der Hund hat ein Loch in unseren Teppich gefressen!“

Mutter: „Dann musst du ihn bestrafen!“

Nils: „Schon erledigt, ich habe seine Schüssel leer gegessen!“

Ramona sagt zum Doktor: „Immer wenn ich Tee trinke, spüre ich so komische Stiche im rechten Auge! Was soll ich nur tun?“

Doktor: „Nimm doch einfach den Löffel aus der Tasse!“

Sören: „Mein kleiner Bruder wird Samstag getauft."

Nico: „Samstag? Komischer Name!"

Martina kommt vom Zahnarzt nach Hause. Fragt der Vater: „Und hat es weh getan?"

Martina: „Ja Papa! Der Zahnarzt hat ganz laut geschrien als ich ihn in die Finger gebissen habe!"

Mutter: „Warum fütterst du die Hühner mit Schokolade?"

Gunda: „Damit sie Schokoeier legen!"

Beim Essen in Restaurant sagt die Frau: „Das Essen schmeckt ja überhaupt nicht!"

Darauf ihr Mann: „Stimmt! Da hätten wir gleich zuhause essen können!"

Unterhalten sich zwei Verrückte.

Der Erste: „Ich bin der amerikanische Präsident! Das hat mir heute Gott gesagt!“

Der Zweite: „Was soll ich schon wieder gesagt haben?“

Herr Huber zu seinen Freund: „Die dunkelste Kneipe ist besser als der hellste Arbeitsplatz!“

Tochter: „Für einen flachen Bauch würde ich alles tun!“

Mutter. „Dann mach halt Sport!“

Tochter: „OK, fast alles!“

Petra sagt zu ihrem Schwarm Tom: „Wollen wir Handynummer tauschen?“

Tom: „Nein Danke, mir gefällt meine.“

Olivera: „Herr Doktor, hat diese Medizin schwere Nebenwirkungen?“

Doktor: „Oh ja! Morgen kannst du wieder in die Schule gehen!“

Schimpft der Chef seine Angestellten: „Wenn ich für jeden klugen Mitarbeiter 1 Euro bekommen würde, hätte ich jetzt 50 Cent!“

Peter geht mit Sina im Wald spazieren.

Peter: „Hier machen wir unser Picknick. Das ist der schönste Platz im Wald.“

Sina: „Stimmt! Hunderttausend Ameisen können nicht irren!“

Antonia: „Ich liebe Wassermelonen! Da macht man alles auf einmal! Man isst, man trinkt und man wäscht sich das Gesicht.“

Ein Schild hängt im Wald: „Alle Pilze sind essbar – manche allerdings nur einmal!“

Karla: „So wie meine Kleidung in meinem Zimmer verteilt liegt, habe ich mich gestern Nacht nicht ausgezogen. Sondern bin geplatzt.“

Mann: „ich will nicht sagen, dass mein Nacken zu viel Sonne abbekommen hat, aber die Menschen bleiben hinter mir stehen und warten auf grün!“

Richter: "Ich verurteile Sie hiermit zu 1.000 Euro Geldstrafe, weil sie den Bürgermeister als einen Idioten beschimpft haben. Wollen Sie noch etwas hinzufügen?"

Angeklagter: "Eigentlich schon, aber dafür reicht mein Geld nicht mehr."

Unterhalten sich 2 Fußballspieler.

Der Erste: „Du bist doch nicht schon wieder erkältet?“

Der Zweite: „Doch, ich muss ja auch die ganze Zeit im Sturm spielen!“

Verkäuferin: „Die neuen Schuhe können in der ersten Woche etwas drücken!"
Kunde: „Macht nichts, dann ziehe ich sie erst danach an!"

Andreas trinkt aus einer Pfütze. Seine Mutter sagt entsetzt: "Weißt du nicht, dass sich darin Millionen von Bakterien befinden?"
Andreas: "Keine Sorge! Die sind alle tot, ich bin vorher mit dem Fahrrad durchgefahren!“

Mann: „Wie kannst du bei dieser Hitze Kaffee trinken?“

Frau: „Mit Hilfe dieser Tasse!“

Timo stolz: „Ich bin ein Zauberer! Ich kann einen Eiswürfel nur durch anstarren schmelzen lassen. Es dauert zwar eine Weile, aber ich kann das!“

Die Frau ruft ihren Mann an: „Ich habe mich mit dem Auto verfahren?“

Mann: „Wo bist du?

Frau: „Im Auto!“

Unterhalten sich Kerzen. „Sag mal, ist Wasser eigentlich gefährlich?“ „Davon kannst Du ausgehen!“

Klara: „Ich liebe meinen Hund! Immer wenn ich ihn frage, wie ich aussehe sagt er „Wau!“

Florian schreibt einen Zettel:

Liebes Christkind!

Ich war das ganze Jahr über wirklich sehr brav, zumindest die meiste Zeit. Ich meinte häufig, na schön, hin und wieder…. Okay, ich werde mir mein Geschenk selber kaufen...

Tochter zum Vater: „Papa, ich hab dir Kuchen gebacken, um mich zu entschuldigen, dass ich mit deinem neuen Auto einen Unfall gemacht habe!“

Vater: „Was hast du?“

Tochter: „Dir einen Kuchen gebacken!“

Martin: „Frauen haben es gut, wenn sie Hunger haben, können sie sich einfach was kochen!“

Natürlich ist die Milch noch gut! Willst du ein Stück?

Patient: „Herr Doktor, wenn ich Kaffee trinke kann ich Nachts nicht schlafen."
Doktor: „Komisch, bei mir ist es genau umgekehrt, wenn ich schlafe kann ich keinen Kaffee trinken."

Philipp: „Mein Kinderzimmer sieht aus, als hätte mein Kleiderschrank genießt!“

Anrufer: „Hallo! Bin ich bei der Polizei?"
Polizist: „Nein, ich bin bei der Polizei. Sie sind irgendwo da draußen und telefonieren!"

Ein Luftballon geht zum Psychiater.

„Herr Doktor, ich hab immer so Platzangst!“

Zwei Verrückte spielen Uno.

Sagt der Erste: „Schach!“

Darauf der Zweite: „Bei Stadt, Land, Fluss gibt es keinen Elfmeter!“

Gerd: „Meine Frau ist letztens beim Kartoffeln holen die Kellertreppe runter gefallen.“

Thomas: „Oh je, was hast du dann gemacht?“

Gerd: „Nudeln.“

Norbert zu seiner kleinen Schwester: „Klar teile ich den Donut mit dir! Du bekommst die Mitte!“

Herr Huber: „Vor lauter Sorgen fallen mir schon die Haare aus!“ Herr Müller: „Und worüber machst Du Dir so viele Sorgen?“ Herr Huber: „Das ich eine Glatze bekomme!“

Erwin: „Franz, der Zoo hat angerufen."

Franz: „Was wollen die denn?"

Erwin: „Die wollen dich wiederhaben!"

Heinz: „Na Franz, wie war denn dein Urlaub?"

Franz: „Furchtbar! Im Hotel hatte ich das Zimmer mit der Nummer 100 und vom Türschild war die Eins abgefallen!"

Mann: „Das Zäpfchen schmeckt aber komisch!"

Frau: „Sag mal, isst du die etwa?"

Mann: „Natürlich, oder soll ich sie mir etwa in den Hintern schieben?"

Dietmar: „Ich will später mal mein Hobby zum Beruf machen! Jetzt fehlt mir nur noch ein Hobby!"

Bei der Wohnungsbesichtigung: „Ist diese Wohnung sehr hellhörig?“

Eine Stimme aus der Nachbarwohnung: „Na ja, es geht!“

Ludwig: „Ich verstehe die Leute nicht, die sagen, dass sie wie ein Baby geschlafen haben! Heißt das, sie schlafen nur zwei Stunden, machen dann in die Windeln und schreien beim aufwachen?“

Ich bin ein wahrer Krieger! Ein Nichtshinkrieger!

Polizist: „Bitte beschreiben sie den Dieb?“

Verkäufer: „Ein Mann mit einem Schnurrbart, etwa 1,80 m groß!“

Polizist: „Den finden wir leicht. Einen so großen Schnurrbart habe ich vorher noch nie gesehen!“

Vater zum Sohn: „Würdest du bei Asterix mitspielen, würdest du Taugenix heißen!“

Mutter: „Mona, möchtest du lieber ein Brüderchen oder ein Schwesterchen?“

Mona: „“Wenn es nicht zu schwer für dich ist, Mama, möchte ich am liebsten ein Pony.“

Mama: „Ina, du hast dich mit Schokolade vollgekleckert!“

Petra: „Ich bin schockiert!“

Tanja: „Weißt du, dass Mädchen schlauer sind als Jungs?"

Dieter: „Nein, das wusste ich nicht."

Tanja: "Jetzt weißt du es!"

Arbeiter. „Chef, was würden ihre Freunde sagen, wo ihre Schwächen liegen?“

Chef: „Ich habe keine!“

Arbeiter: „Aber jede hat Schwächen!“

Chef. „ich habe keine Freunde!“

Beim Mittagessen sagt Oma zu Jana: „Jana, wie kann man nur mit vollem Mund reden?"

Jana: „Alles Übung, Oma."

Ralf: „Was ist deine Lieblingsfarbe?“

Marco: „Weiß nicht.“

Ralf: „Welche Farbe dann?“

Inge: „Die einzige Fee die ich kenne, ist die Kaffee!“

Mann: „Schatz, wie soll ich die Paprika schneiden?“

Frau: „Leg die Tomate weg und geh aus der Küche!“

Gunnar: „Den Spinat kann ich aus Glaubensgründen nicht essen!“

Mama. „Wie kommst du denn da drauf“

Gunnar: „Ich glaube er schmeckt nicht!“

Her Müller: „Herr Doktor, ich werde immer von meinem eigenen Schnarchen wach.“

Doktor: „Dann legen sie sich doch einfach in ein anderes Zimmer!“

Scherzfragen und Flachwitze

Was ist die gefährlichste Droge auf der Welt?

Ein Bahngleis! Nur ein Zug und du bist tot!

Corinna: „Mein Problem ist einfach, dass chillen einfach geiler ist, als arbeiten!“

Frank hat 3 Millionen Euro im Lotto gewonnen.

Jetzt ist Frankreich!

Was geht über das Wasser und wird nicht nass?

Die Brücke.

Wer verdient sein Geld, ohne auch nur einen einzigen Tag zu arbeiten?

Der Nachtwächter.

Was wird kürzer, je länger man daran zieht?

Die Zigarette.

Welcher Richter arbeitet bei keinem Gericht?

Der Schiedsrichter.

Drei Männer gehen schwimmen. Nur einer bekommt nasse Haare. Wie kann das sein?

Zwei Männer haben eine Glatze.

Was können Kinder machen, das niemand sehen kann?

Lärm.

Wenn die Schwester deines Onkels nicht deine Tante ist, wer ist sie dann?

Deine Mutter.

Wer geht mit dir baden und wird nicht nass?

Dein Schatten.

Darf ein Mann die Schwester seiner Witwe heiraten?

Wenn seine Frau Witwe ist, ist der Mann tot.

Welche Flocken fallen nicht vom Himmel?

Die Haferflocken.

Welche Brille passt nicht auf die Nase?

Die Klobrille.

Wer fällt, ohne sich zu verletzen?

Der Schnee.

Zwei Goldfische sitzen auf einem Baum und stricken. Da fliegen zwei Elefanten vorbei. Sagt der eine Goldfisch: „Ja, fliegen müsste man können.

Frage: Was ist grün und fliegt über die Wiese?
Antwort: Die Birne Maja!

Frage: Was sitzt auf einem Baum und winkt?
Antwort: Ein Huhu!

Fragt der Musiklehrer: „Wie hieß die Frau von Mozart?“

Franz: „Mozzarella?!“

Welches Ohr kann nichts hören?

Das Eselsohr.

Du kannst nicht jeden glücklich machen. Du bist halt keine Pizza!

Sagt der eine Reifen zum anderen: „Hey Reifen, ich mach dich platt!“

Unterhalten sich zwei Wassertropfen im Winter. Sagt der eine zum anderen: „Hey, kannst du mir mal Geld leihen?“

Darauf der andere: „Nein, sorry! Bin momentan nicht flüssig.“

Kennst Du schon den neuesten Fahrstuhl—Witz? Ich auch nicht, ich habe die Treppe genommen!

Atomwitz. Keiner lacht, alle strahlen.

Ich habe Manuel letztens einen Limonaden-Witz erzählt. Fanta lustig.

Mein Bruder heißt Steve. Er ist mein Stevebruder.

Sitzen Bomben im Keller. Sagt die eine: „Komm, lass uns hoch gehen!“

Sitzen zwei Leberwürste auf einem Baum. Schubst die eine die andere runter. Welche war’s? – Antwort: Die Grobe.

Habe eben bei Weight Watchers angerufen. Es hat keiner abgenommen.

Warum sind Hunde so wütend auf den Postboten?

Weil sie so selten Post bekommen.

In welchem Raum kann man keine Bilder aufhängen?

Im Weltraum.

Ich wollte den DJ anrufen, aber er hat aufgelegt.

Egal wie gut du fährst, Züge fahren Güter!

Egal wie viele CDs du hast, Carl Benz hat Mercedes.

Egal wie tief alle schlafen, Albert schläft wie Einstein.

Egal wie sauer du bist, Dinos sind Saurier!

Egal wie viel du teilst, Moses teilt Meer.

Egal, wie neu es ist, Manuel ist Neuer.

Was ist gelb und schießt? Eine Banone!

Alle Kinder stoppen vorm Abgrund, nur nicht Peter, der geht noch einen Meter.

Alle Kinder decken den Tisch, außer Jochen, der muss kochen.

Alle Jungen ärgern gern Mädchen - nur nicht Agathe, die kann Karate.

Alle Kinder stehen auf dem Eiffelturm, außer Gunter, der steht drunter.

Warum leben Eskimos so lange?

Weil sie nicht ins Gras beißen können.

Was ist vor dem Waschen sauber und danach schmutzig?

Das Wasser.

Was hat eine Frau mit ihrem Mann gemeinsam?

Sie haben beide am gleichen Tag geheiratet.

Wie heißt der Teufel mit Vornamen?

Pfui.

Welche Frucht hat immer Angst?

Die Feige.

Wie kann man ein Glas, ohne es zu berühren, austrinken?

Mit einem Strohhalm.

Was ist schlimmer als ein angebissener Apfel mit Wurm?

Ein angebissener Apfel mit einem halben Wurm.

Welches Zeitmessinstrument hat die meisten beweglichen Teile?

Die Sanduhr.

Was ist der Unterschied zwischen einem Bäcker und einem Teppich?

Der Bäcker muss um 2 Uhr aufstehen, der Teppich kann liegenbleiben.

Warum sind Glatzköpfe so friedliche Menschen?

Weil sie sich nicht in die Haare kriegen können.

Welche Gaben mag niemand?

Die Ausgaben.

Welche Kunden werden nicht bedient?

Die Sekunden.

Was gebe ich dir und bleibt doch bei mir?

Meine Hand.

Wie nennt man einen Matrosen, der sich nie wäscht?

Ein Meerschwein.

Welche Laub fällt nicht vom Baum?

Der Urlaub.

Welcher Laden stinkt am meisten?

Der Kuhfladen.

Wie sprechen die Italiener über das Wetter?

Italienisch.

Mit welchen Löffel isst man nicht?

Mit dem Schuhlöffel.

Wann sagt ein Chinese „Guten Morgen“?

Wenn er Deutsch gelernt hat.

Wo geht man durch ein Loch rein und durch zwei Löcher wieder raus?

Durch die Hose.

In welchen Töpfen wird nicht gekocht?

In Blumentöpfen.

Was hat Augen und kann nichts sehen?

Der Würfel.

Was hat keinen Anfang, aber zwei Enden?

Die Wurst.

Wer hat Federn aber keine Flügel?

Das Kopfkissen.

Was ist der gefährlichste Sport der Welt?

Fußball! Da wird geköpft und geschossen.

Wer ist gestorben, wurde aber nicht geboren?

Adam und Eva.

Je besser der Schlaf, desto staubsaugiger die Mutter!

Je mehr er hat, desto leichter ist er. Was ist das?

Ein Käse mit Löchern.

Warum können Skelette so schlecht lügen?

Weil sie so leicht zu durchschauen sind.

Was macht eine Putzfrau in der Wüste?

Staubsaugen.

Was macht sieben mal sieben?

Feinen Sand.

Welcher Blitz ist ungefährlich?

Der Geistesblitz.

Was sind die teuersten Tomaten?

Die Geldautomaten.

Ein Auto fährt in eine Rechtskurve. Welches Rad bewegt sich dabei nicht?

Das Reserverad.

Warum sind Vampire so unbeliebt?

Man hat sie ständig am Hals!

Was gehört dir, obwohl andere es häufiger verwenden als du?

Dein Name.

Welche Bildung macht nicht schlauer?

Die Einbildung.

Was überwältigt selbst den stärksten Mann?

Der Schlaf.

In welchen Seen gibt es viel zu sehen?

In Museen.

Was haben ein Weinkeller und die Fußball - Bundesliga gemeinsam?

Jeder der Flaschen ist ein Vermögen wert.

Was will jeder werden und doch keiner sein?

Alt.

Welche Schrift muss jeder Briefträger lesen können?

Die Anschrift.

Wenn ein halbe Glatze 500 Haare hat, wie viele Haare hat dann eine ganze?

Gar keine.

Welches Getränk ist das Stärkste?

Das Wasser, es trägt sogar Schiffe.

Auf welche Leiter kann man nicht steigen?

Auf die Tonleiter.

Welcher Schuh passt auf keinen Fuß?

Der Handschuh.

Wer frisst sogar Eisen?

Der Rost.

Welcher Stuhl passt unter keinen Tisch?

Der Dachstuhl.

Was sagt ein Eskimo zu seiner Familie, wenn er die Kühlschrank geöffnet hat?

Alle hinein, in die warme Stube!

Welche Leute leben vom Rauch?

Die Kaminkehrer.

Was kann man nicht mit Worten ausdrücken?

Einen nassen Schwamm.

Was waren die letzten Worte des Luftballons?

Achtung, Kaktus!

Welches Spiel kann man nicht spielen?

Das Beispiel.

Familie Müller hat drei Söhne. Jeder der Söhne hat eine Schwester. Wie viele Töchter hat dann Familie Müller?

Eine Tochter.

Welche Rosen kann man nicht pflücken?

Die Matrosen.

Was ist schwarz und grün wenn sie sauber ist, aber weiß wenn sie schmutzig ist?

Die Schultafel.

Was braucht man sofort oder nie mehr?

Einen Fallschirm.

Welche Bisse tun nicht weh?

Die Kürbisse.

Was benutzt man zum sitzen, schlafen und Zähneputzen?

Stuhl, Bett und Zahnbürste.

Was ist der Unterschied zwischen einem 10 Euro Schein und einem 1 Euro Stück?

9 Euro.

Was ist, wenn ein Kaminkehrer in den Schnee fällt?

Winter.

Auf welchen Sprossen kann man nicht klettern?

Auf den Sommersprossen.

Aus welchen Gläsern kann man nicht trinken?

Aus Brillengläsern.

Wer lebt von der Hand in den Mund?

Der Zahnarzt.

Was macht ein Bäcker im Winter?

Brot backen.

Welche Birne kann man nicht essen?

Eine Glühbirne.

Welcher Roller hat keine Räder?

Der Deoroller.

Ich glaube, die Ampel ist in mich verliebt. Immer wenn ich komme wird sie rot.

Ich fühle mich heute so dumm – Ich könnte Amerika regieren!

Ein Mann kann das Ergebnis vor jedem Fußballspiel genau sagen. Wie macht er das?

Vor jedem Fußballspiel steht es immer 0:0!

Für wenn stellt man leere Flaschen in den Kühlschrank?

Für die Gäste, die nichts trinken wollen.

Eine Frau hat 10 Rosen. Sie verliert alle bis auf 2. Wie viele hat sie noch?

2.

Wenn 20 Männer ein Haus in 2 Monaten bauen, wie lange dauert es, wenn 10 Männer das gleiche Haus bauen?

0 Sekunden, denn das Haus wurde ja bereits von den 20 Männern gebaut.

Warum geht die Krankenschwester ganz leise am Medikamentenschrank vorbei?

Sie möchte die Schlaftabletten nicht aufwecken.

Was ist klein, rot und dreieckig?

Ein kleines rotes Dreieck.

Welcher Ring ist nicht rund?

Der Boxring.

Wohin fliegt eine Wolke, wenn es sie juckt?

Zum Wolkenkratzer.

Was kann man jemanden geben, aber gleichzeitig behalten?

Eine ansteckende Grippe.

Wer führt ein sehr aufreibendes Leben?

Der Radiergummi.

Welcher Peter ist grün?

Petersilie.

Wie viel Erde liegt in einem 10cm tiefen und 10 cm breiten Loch?

Keine, den dann wäre es kein Loch mehr, wenn Erde drinnen liegt.

Wie lautet die Steigerung von Buchstabensuppe?

Wörtersee.

An welchem Ort kommt Silvester vor Weihnachten?

Im Wörterbuch.

Welcher Garten wird nie gegossen?

Der Kindergarten.

Ein Mann fällt aus dem Fenster eines zehnstöckigen Hochhauses. Er nimmt dabei keinen Schaden. Wie konnte das passieren?

Er ist aus dem Fenster vom Erdgeschoss gefallen.

Welche Zeiten sind die Schönsten?

Die Mahlzeiten.

Wie kann man auf Wasser gehen?

Man wartet bis es Winter und richtig kalt ist. Dann ist das Wasser gefroren.

Wer kann auch ohne Füße springen?

Der Springbrunnen.

Sind 1000 Instagram ein Instakilo?

Welchen Bogen tragen wir stets bei uns?

Den Ellbogen.

Welche Ideen wachsen im Garten?

Die Orchideen.

Welchen Pilz kann man nicht pflücken?

Den Glückspilz.

Wer hat große Flügel und kommt trotzdem nicht von der Stelle?

Die Windmühle.

Wer bewegt sich ständig rundherum, ohne schwindlig zu werden?

Die Erde.

Busfahrer: „Möchten Sie sich nicht hinsetzen?“

Frau Schneider: „Nein, ich habe es eilig.“

Ich habe ein Brötchen angerufen, aber es war belegt.

Ich verstehe nicht, warum meine Pflanzen immer vertrocknen. Hans, steht auf dem Schlauch.

Mir ist meine Uhr runter gefallen, jetzt kann ich sie nicht mehr aufheben da ich keine Urheberrechte habe.

Ich wollte Spiderman anrufen, aber er hatte kein Netz!

Ich habe mir gestern ein Dach gekauft, ging aufs Haus.

„Ich bin gerührt!“, sagt der Teig zu mir.

Was war am 24.12.1952?

Weihnachten.

Welches Pflaster passt auf keine Wunde?

Das Straßenpflaster.

Weißt du, warum der frühe Vogel stirbt? Wegen Schlafmangel.

Willst du dir deinen Tag versauen, dann musst du in den Spiegel schauen.

Solltet ihr mich jemals rennen sehen, dann rennt mit. Ich bin faul und renne nicht grundlos.

Ich warne dich! Ich kann Judo, Taekwondo, Kung Fu und noch 28 andere gefährliche Worte.

Der frühe Vogel fängt zwar den Wurm, aber die zweite Maus bekommt den Käse.

Hörst du das? Mein Kissen ruft mich und ich habe es noch nie warten lassen.

Ich habe auch ein Talent. Ich kann länger als 9 Stunden schlafen.

Jemand hat mir gesagt, ich bin faul. Fast hätte ich sogar geantwortet. War aber dann doch zu faul.

4 von 3 Leuten haben Probleme mit Mathe.

Was rennt durch den Wald und niest?

Rotzkäppchen.

Was ist grün, glücklich und springt über das Gras?

Eine Freuschrecke.

Was ist gelb und kann nicht Schwimmen?

Ein Bagger.

Der Gemüsehändler ist 45 Jahre alt und 1,83 m groß. Was wiegt er?

Gemüse.

Wer kann ohne Nase riechen?

Der Käse.

Welche Worte stehen auf einem 5 Euro Stück?

Es gibt kein 5 Euro Stück.

Was ist der Unterschied zwischen einem Bankräuber und einem Fußballspieler?

Der Bankräuber sagt: „Geld her oder ich schieße!“, der Fußballer sagt: „Geld her oder ich schieße nicht!“

Wie oft konnte Noah angeln?

Zweimal, er hatte ja nur 2 Würmer.

Wer geht durch das Fenster und zerbricht es nicht?

Der Sonnenstrahl.

Die Mutter von Hans hat 4 Söhne: Didi, Dudu, Dodo und wie heißt der Vierte?

Hans.

Was hört ohne Ohren, spricht ohne Mund und redet in allen Sprachen?

Das Echo.

Was ist schwerer? Ein Kilo Gold oder ein Kilo Federn?

Gleich schwer! Beides wiegt ein Kilo.

Wer hat die meisten Reisen um die Erde gemacht?

Der Mond.

An welche Nägel kann man keine Bilder aufhängen?

An Fingernägel.

Welches sind die ungefährlichsten Täter?

Die Sanitäter.

Welcher Killer macht niemanden Angst?

Der Tintenkiller.

Die Mutter will 4 Äpfel unter 5 Kinder gerecht aufteilen. Wie macht sie das?

Sie kocht Apfelmus.

Du bist in einem dunklen Raum. Du hast ein Streichholz, eine Öllampe und eine Kerze. Was zündest du zuerst an?

Natürlich das Streichholz.

In welchem Fotoalbum klebt kein Foto?

In einem leeren Fotoalbum.

Wer war vor der Polizei immer am Tatort?

Der Täter.

Warum kann ein Bagger nicht schwimmen?

Er hat nur einen Arm.

Was hängt an der Wand und gibt jedem die Hand?

Das Handtuch.

In welchen Hafen gibt es kein Schiff?

Im Flughafen.

Wer trägt eine Brille und kann doch nichts sehen?

Die Nase!

Was brennt Tag und Nacht ohne zu verbrennen?

Die Brennnessel.

Batman, Superman und Spiderman sind Single. Ich glaube, ich bin ein Superheld.

Ich antworte dir mit einem eindeutigen und direkten vielleicht.

Wenn jemand sagt: „Du bist das Letzte!“ Dann antworte einfach: „Ich weiß. Das Beste kommt halt zum Schluss.“

Das Licht am Ende des Tunnels ist meistens nur ein ICE der angefahren kommt.

Manchmal sollte man sich für eine kurze Zeit einfach hinlegen und entspannen. Zwei Jahre sollten reichen.

Ich bin niemand. Niemand ist perfekt. Also bin ich perfekt.

Ich habe jetzt echt keine Zeit, um mich zu beeilen.

Die Verspätung tut mir leid. Mein Wecker hatte einen Wandunfall.

Wie alt bist du? – Keine Ahnung. Das ändert sich jedes Jahr.

Also bei mir kann jeder sagen, was ich will.

Mich interessiert das so sehr, wie dieser Becher voll ist. Ach! Der Becher ist leer.

Was fliegt durch die Luft und macht Mus Mus? – Eine Biene, die rückwärts fliegt.

Was ist schwarz-weiß gestreift und kann sich nicht bewegen? – Ein Klebra.

Wer sitzt auf dem Baum und ruft Aha? – Ein Uhu mit Sprachfehler.

Welcher Mann wird in der Sonne immer kleiner?

Der Schneemann!

Wo befand sich Moses als nachts alle Lampen erloschen?

Im Dunkeln.

Welcher Fall tut nicht weh?

Der Beifall.

Ich habe einen Joghurt fallen gelassen. Er war nicht mehr haltbar.

Hab mich vorhin ausgesperrt. War ganz aus dem Häuschen.

Hubert: „Erich, was hast Du eigentlich für eine Schuhgröße?“

Erich: „Viertel nach fünf!“

Hubert: „Mann, dann müssen wir hier ja aussteigen!“

Treffen sich zwei Rühreier, sagt das eine: "Irgendwie bin ich so durcheinander."

Wie viele Eier gehen in eine Eierschachtel?

Eier können nicht gehen. Man muss sie hineinlegen.

Wo macht ein Skelett Urlaub?

Am Toten Meer.

Die letzten Worte des Elektrikers:

„Was ist denn das für ein Kabel?“

Florian: „Papa, für den Computer brauch ich noch eine Maus!“

Papa:: „Du hast einen Hamster, nimm den!“

Welches Laub hat jeder gern?

Urlaub.

Was sagte der Erbauer, des Turms von Pisa?

Wird schon schiefgehen!

Was ist der Unterschied zwischen einem Beinbruch und einen Einbruch?

Nach dem Beinbruch muss man liegenbleiben, nach dem Einbruch sitzen.

Welchen Stern findet man nicht am Himmel?

Den Seestern.

Was ist der Unterschied zwischen einem Auto und Klopapier?

Ein Auto kann man auch gebraucht kaufen.

Welche Bahn fährt nicht auf Gleisen?

Die Autobahn.

Wie viele Erbsen passen in ein leeres Glas?

Eine, danach ist das Glas nicht mehr leer.

Auf welche Frage kann man niemals mit „Ja“ antworten?

Schläfst du schon?

Auf welche Frage kann man niemals mit „Nein“ antworten?

Hörst du mich?

Was steigt und fällt und bleibt doch am gleichen Ort?

Das Thermometer.

Warum ist der Mond so blass?

Weil er viele schlaflose Nächte hinter sich hat.

Welcher Stuhl bewegt sich auf und ab?

Der Fahrstuhl.

Was bedeutet die Abkürzung IKEA?

Idioten kaufen einfach alles.

Welchen Fall kann auch ein Detektiv nicht lösen?

Den Wasserfall.

Welcher Baum hat keine Äste?

Der Purzelbaum.

Welcher Tom ist rot?

Tomate.

Was ist der Unterschied zwischen einem Fußgänger und einem Fußballspieler?

Der Fußgänger geht bei grün, der Fußballspieler bei rot.

Was passiert, wenn man einen grauen Stein ins Rote Meer wirft?

Er wird nass.

Wann fällt Frauen das Abnehmen am leichtesten?

Wenn das Telefon klingelt.

Wie viele Leitern braucht man, um von der Erde zum Mond zu kommen?

Eine, wenn sie lang genug ist.

Welcher Zahn kann nicht beißen?

Der Löwenzahn.

Was sagt ein Pirat wenn er trockenes Gras sieht?

„Ah, Heu!“

Wer hört alles und sagt nichts?

Das Ohr!

Welchen Tisch kann man essen?

Den Nachtisch.

Welche Schläge braucht jeder Mensch?

Die Herzschläge.

Welches ist das einzige Geheimnis, das Frauen behalten können?

Ihr Alter.

Wie viele Tiere nahm Moses mit auf die Arche?

Keine, es war Noah!

Welcher Peter ist am Lautesten?

Der Trompeter.

Welches Gewicht will keiner verlieren?

Das Gleichgewicht.

Was hat keine Füße und reist doch um die ganze Welt?

Die Briefmarke.

Aus welcher Dose kann man nichts trinken?

Aus der Steckdose.

Bei welchen Brand gibt es kein Feuer?

Beim Sonnenbrand.

Welches Fieber kann kein Arzt messen?

Das Lampenfieber.

Welches ist das älteste Instrument?

Das Akkordeon, es hat die meisten Falten!

Du läufst bei einem Rennen mit und überholst den 2. Platz. Wievielter bist du?

Natürlich Zweiter!

Welcher Bus überquerte als erster das Meer?

Kolumbus.

Welches Schiff fährt nicht auf dem Wasser?

Das Raumschiff.

Heute ist mal wieder Putztag. Eine Tafel Schokolade habe ich schon verputzt.

Wer hat Beine, aber keine Arme?

Ein Stuhl.

Was ist eckig, grün und tut weh, wenn es auf dich fällt? – Ein Billardtisch.

Wie nennt man eine iPhone Hülle noch?

Apfeltasche

Was ist gesund und schwimmt auf dem Wasser?

Ein Vollkornboot

Was sitzt im Baum und heult?

Eine Heule

Was ist groß, grau und telefoniert?

Ein Telefant

Wie heißen die Fußballschuhe von Jesus?

Christstollen

Was ist rot, rund und schwimmt in der Toilettenschüssel?

Eine Klomate

Was sorgt für gute Luft an Weihnachten?

Der Adventlimator

Wie heißt der schärfste Berg in Afrika?

Chilimandscharo

Wie nennt man ein bankrottes Mammut?

Armmut

Wie nennt man eine rauchende Palme?

Qualme

Zirkusclown ist auch Diebstahl

Was kommt nach Elch?

Zwelch

Wie heißt die Biene mit Vornamen?

Umkleideka

Was schwimmt auf dem Wasser und macht immer Kikeriki?

Ein Wasserhahn

Patient: „Herr Doktor, ich möchte jünger aussehen."

Doktor: „ Hier, nehmen sie diesen Schnuller!"

Was ist grau und tut weh, wenn man reinbeißt? – Ein Parkplatz.

Lieber sitze ich locker auf meinem Hocker als hektisch über dem Ecktisch!

Wenn ich etwas kommentiere, dann kommen Tiere.

Ich bin gar nicht hingefallen! Ich habe den Boden angegriffen!

Entschuldigung, kann ich gerade mal stören? – Ja, was ist? – Nichts, wollte nur stören.

Ich spüre ein Tier in mir. Ich glaube, es ist das Faultier.

Tierische Witze

Im Urlaub hat eine Familie einen Papagei gekauft. An der Grenze sagt der Zöllner: „Ein lebender Papagei kostet 200 Euro. Ein toter Papagei ist kostenlos." Da ruft der Papagei vom Rücksitz: „Macht jetzt bloß keinen Blödsinn!"

Käufer: „Sie habe gesagt, das die Katze gut für Mäuse ist. Dabei rührt sie die Mäuse gar nicht an!"

Verkäufer: „Eben! Für Mäuse ist die Katze gut!"

Sagt der Holzwurm stolz: „Mein Sohn hat es weit gebracht!"

Fragt sein Freund: „Wieso denn das?"

Holzwurm: „Er arbeitet jetzt in einer Bank!"

Vor welchen Tier hat sogar der Löwe Angst?

Vor der Löwin.

Der Affenpapa ist ganz traurig als er sein Baby zum ersten Mal sieht.

Darauf die Affenmama: „Mach dir nichts draus! Alle Neugeborenen sehen zunächst aus wie Menschen!“

Die kleine Mücke kommt von ihrem ersten Ausflug, vom Freibad nach Hause.

Ihre Mutter fragt: „Und wie war es?“

Die kleine Mücke: „Toll! Überall wo ich war, haben die Menschen geklatscht!“

Warum essen Löwen rohes Fleisch?

Weil sie nicht kochen können!

Verkäufer: „Wenn sie die Schildkröte richtig pflegen, kann sie über 150 Jahre alt werden."

Kunde: „Wir werden ja dann sehen!"

Ein Elefant und eine Maus gehen in der Wüste spazieren. Sagt der Elefant zur Maus: „Ich gebe dir schon seit einer Stunde Schatten. Jetzt bist du mal dran, mir Schatten zu geben!"

Der Kunde in der Zoohandlung: „Ich möchte den Papagei umtauschen. Er erzählt laufend Witze."

Verkäufer: „Das stört Sie?"

Kunde: „Nein, aber ich kenne jetzt alle."

Zwei Fliegen krabbeln auf einem Globus herum. Als sie sich zum zweiten Mal begegnen sagt die eine Fliege: „Oh schau an! So klein ist die Welt!"

Zwei Schnecken sitzen neben der Straße. Will die eine rüber gehen. Sagt die andere: „Achtung! In drei Stunden kommt der Bus!“

Im Zoo trifft ein Elefant auf zwei Ameisen.

Fragen die beiden Ameisen: „Wollen wir gegeneinander kämpfen?“

Sagt der Elefant: „Zwei gegen einen, das ist unfair!“

In der Schule müssen die Kinder einen Aufsatz zum Thema „Unser Pferd“ schreiben.

Barbara schreibt: „Unser Pferd: Wir haben keins!“

Wenn eine Biene auf einer Brennnessel sitzt, sticht dann die Biene die Brennnessel oder die Brennnessel die Biene?

Was sagt ein Tausendfüßler, wenn er zum Geburtstag neue Schuhe bekommt?

Tausend Dank!

Eine Fliege fliegt knapp an einem Spinnennetz vorbei.

Spinne: „Na, warte ab, morgen erwische ich dich."

Fliege: „Ätsch, ich bin eine Eintagsfliege."

Welche Tiere hören nichts?

Die Tauben!

Treffen sich zwei Fische.

Fragt der eine: „Was machst du heute Nachmittag?"

Sagt der andere: „Ich glaube, ich gehe schwimmen."

Eine Schlange zur anderen: „Sind wir giftig?“

Antwortet die Zweite: „Ja, wieso?“

Darauf die Erste: „Ich habe mir gerade auf die Zunge gebissen!“

Sven fragt Timo: „Was ist dein Hobby?“

Timo: „Fliegen!“

Sven: „Das ist aber ein teurer Hobby!“

Timo: „Wieso, Fliegen gibt es überall!“

Die Pinguineltern warten auf das erste Wort ihres Babys. Der Pinguinvater: „Bestimmt sagt es Papa.“ Die Pinguinmutter meint: „Nein, das erste Wort wird Mama sein!“

Darauf das Pinguinbaby: „So eine verdammte Kälte hier!“

Mama: „Keine Angst, die Spinne ist viel kleiner als du.“

Karin: „Ja, eine Bombe aber auch.”

Gerhard: „Ist dein Hund wachsam?“

Otto: „Total! Er bellt sogar, wenn ich nur von Einbrechern träume!“

Was passiert wenn eine Giraffe nasse Füße bekommt?

Dann hat sie in 14 Tagen Schnupfen!

Urlaub auf dem Bauernhof. Der Bauer erklärt, das auf dem Land, der Hahn die Urlauber weckt.

Urlauber: „Oh prima! Stellen sie ihn bitte auf 9 Uhr!“

Ron: „Affen können wie Menschen schreien. Hast du das gewusst?“

Tim: „Nein, schreie mal!“

Sagt ein Hund zum anderen: „Ich bin adelig. Ich heiße ‘Hasso von Herrenhausen’!”

Sagt der andere: „Ich bin auch adelig. Ich heiße ‘Runter vom Sofa’!”

Die Känguru-Mutter kratzt sich nach Leibeskräften. Dann schimpft sie ihr Kind: „Wie oft habe ich schon gesagt, dass du keinen Zwieback im Bett essen sollst!“

Das Dinosaurierbaby fragt seine Mutter: „Wenn ich sterbe, komm ich dann in den Himmel?“

Die Mutter antwortet: „Nein, dann kommst du ins Museum!“

Käufer: „Ist der Hund denn treu?“

Verkäufer: „Und wie! Ich hab ihn schon 3 mal verkauft und er kam immer wieder zurück!“

Unterhalten sich zwei Schafe. Meint das eine: „Mäh!“

Antwortet das andere: „Mäh doch selber!“

Zwei Frösche sitzen am Teich. Da beginnt es zu regnen. Sagt der eine zum anderen: „Komm schnell mit ins Wasser, sonst werden wir noch nass!“

Klara: „Papa, ich weiß warum du beim Angeln keine Fische fängst!“

Papa: „Warum denn?“

Klara: „Ich hab ein paar von deinen Würmern probiert. Die schmecken scheußlich!“

Kunde: „Ich hätte gerne einen Hund für meine Frau!"

Verkäufer: „Tut mir leid! Tauschgeschäfte machen wir nicht."

Unterhalten sich zwei Hunde. Erster Hund: „Im Park werden neue Bäume gepflanzt."

Der zweite Hund darauf: „Toll, das muss begossen werden!"

Simon: „Möchtest du eine Katze haben?"

Hans: „Ja, aber Mama lässt keine Katzen ins Haus."

Simon: „Und dein Papa?"

Hans: „Der darf schon rein!"

Der kleine Klaus streichelt die Katze. Diese beginnt zu schnurren. Erschrocken fragt er: „Mama, wo stellt man den Motor ab?“

Welches Tier kann höher springen als der Kölner Dom?

Fast jedes oder hast Du den Kölner Dom schon mal springen sehen?

Franziska: „Kannst du reiten?“

Gerd: „Ja!“

Franziska: „Und wo hast du es gelernt?“

Gerd: „Auf einem Pferd!“

Kräht der Hahn auf dem Mist, ändert sich das Wetter oder es bleibt, wie es ist.

Georg geht mit seinem Hund ins Kino. Dem Hund gefällt der Film und er lacht und lacht.

Da dreht sich eine Dame verwundert zu Georg um: „Du hast aber einen seltsamen Hund."

Georg: „Ich wundere mich auch schon die ganze Zeit, das Buch hat ihm nämlich überhaupt nicht gefallen!"

Ich lass mich jetzt zum Pandabären umschulen.Wenn ich faul rumliege und immer dicker werde, finde mich trotzdem alle niedlich.

Marianne: „Eines Tages kauf ich mir einen Papagei und bringe ihm zwei Sätze bei. Der Erste: Hilfe, man hat mich in einen Papagei verwandelt!Der Zweite:Wieso glaubt mir den niemand!"

Das Huhn schimpft ihre Küken: „Wenn das euer Vater wüsste, er würde sich im Grill umdrehen!"

Der Eber ist stets missgestimmt, weil seine Kinder Ferkel sind. Mit seiner Frau der Sau, ist er nicht alleine, denn auch die Verwandtschaft – Alles Schweine!

Warum heißt die Schlange, Schlange?

Weil sie lang ist, sonst hieße sie ja Schkurze!

Herr Huber: „Es soll Hunde geben, die klüger als ihr Besitzer sind."

Herr Schmidt: „Natürlich! So einen hab ich auch!"

Was schwimmt auf den Wasser und fängt mit Z an?

Zwei Enten!

Herr Müller: „Meine Tochter darf sich jedes Jahr, an Weihnachten, wünschen was sie will?“

Frau Schmidt: „Oh wie schön! Was wünscht sie sich an Weihnachten?“
Herr Müller: „Ein eigenes Pferd, seit 4 Jahren!“

Treffen sich zwei Igel. Fragt der eine Igel: „Warum hast du denn deine Pfote verbunden?“

Darauf der andere Igel: „Ich wollte mich am Rücken kratzen.“

Fritz: „In ihrer Reithalle tropft es von der Decke. Ist dies immer so?“

Bauer: „Nein, nur wenn es regnet!“

Welcher Vogel hat keine Flügel, keine Federn und keinen Schnabel?

Der Spaßvogel!

Was sieht aus wie eine Katze, ist aber keine?

Der Kater.

Warum fliegen die Vögel in den Süden?

Ganz einfach, weil es zu Fuß zu weit wäre!

Warum geht eine Katze über die Straße?

Um auf die andere Seite zu kommen.

Warum können Pferde nicht Fahrrad fahren?

Weil sie keinen Daumen zum klingeln haben.

Welches Tier kann sich auf der Straße unsichtbar machen?

Ein Zebra auf dem Zebrastreifen.

Was muss man beachten, wenn man einen Elefant in eine Streichholzschachtel sperren will?

Vorher alle Streichhölzer raus nehmen.

Was ist der Unterschied zwischen einem Hund und einem Floh?

Ein Hund kann einen Floh haben, aber ein Floh niemals einen Hund.

Warum sind Pferde so schlechte Tänzer?

Weil sie zwei linke Füße haben.

Ein Hund und eine Katze fallen von Baum! Wer war zuerst auf der Erde?

Also, laut Bibel waren es Adam und Eva!

Wovor haben Fische Angst?

Antischuppenshampoo.

Was ist das lustigste Tier?

Das Pferd! Es veräppelt die ganze Straße!

Wie heißt ein Bär, der laut „Kugel“ schreit?

Kugel-schrei-bär.

Warum baut der Kuckuck kein Nest?

Weil er in der Uhr wohnt!

Was sagt ein Hund, wenn ihm jemand auf seinen Schwanz tritt?

Gar nichts! Hund können nicht sprechen.

Was ist das stärkste Lebewesen?

Die Schnecke. Sie trägt ein ganzes Haus auf dem Rücken.

Was macht 999 mal „klick“ und nur einmal „klack“?

Ein Tausendfüßler mit einem Holzbein.

Welcher Vogel hat nur ein Bein?

Ein halbes Hähnchen!

Welcher Hahn kann nicht krähen?

Der Wasserhahn.

Was macht ein Storch, wenn er auf einem Bein steht?

Na was wohl, er überlegt den nächsten Schritt.

Warum schwimmen Delphine in Salzwasser?
Weil sie in Pfefferwasser dauernd niesen würden.

Wer hat 2 Löffel und kann nicht damit essen?

Der Hase.

Welche Maus kann fliegen?

Eine Fledermaus.

Welches Schwein steht in keinem Stall?

Das Sparschwein.

Welches Insekt isst am wenigsten?

Die Motte. Sie frisst nur Löcher.

Wie heißt das Reh mit Vornamen?

Kartoffelpü.

Warum legen Hühner Eier?

Wenn sie die Eier werfen würden, würden sie kaputt gehen.

Welcher Vogel ist am traurigsten?

Der Pechvogel.

Was ist der Unterschied zwischen einem Kaktus und einen Pferd?

Setz dich drauf, dann weißt du es!

Was hat sechs Beine, aber nur vier berühren den Boden?

Ein Pferd mit Reiter.

Welche Affen haben die längsten Hälse?

Die Giraffen.

Welcher Hase versteckt sich die meiste Zeit?

Der Angsthase.

Auf einem Dach sitzen 8 Vögel. Ein Mann erschießt einen Vogel mit seinem Gewehr. Wie viele Vögel sitzen noch auf dem Dach?

Keiner! Beim Knall des Gewehres sind die anderen Vögel weggeflogen.

Warum summt die Biene?

Weil sie den Text vergessen hat.

Wie bekommt man einen Elefanten in den Kühlschrank?

Kühlschranktür auf, Elefant rein, Kühlschranktür zu.

Und wie bekommt man eine Giraffe in den Kühlschrank?

Kühlschranktür auf, Elefant raus, Giraffe rein, Kühlschranktür zu.

Was sagt die Maus hinter einer Kuh?

Mach bloß keinen Mist.

Auf welchen Pferden kann man nicht reiten?

Auf den Seepferdchen.

Warum ist der Eisbär weiß und nicht pink?

Sonst würde er Himmbär heißen.

Was bestellt der Hase in einem Restaurant?

Ein Jägerschnitzel.

Ein Hahn legt ein Ei in Nachbars Garten. Wem gehört das Ei?

Ein Hahn kann kein Ei legen.

Welches Pferd hat keinen Hunger?

Das Schaukelpferd.

Warum ist ein Tiger groß, wild und gestreift?

Wenn er klein, wild und gestreift wäre, wäre er eine Biene.

Zwei Kühe stehen auf der Weide. Fragt die Eine: „Wie viel Uhr ist es?“ Sagt die Andere: „Sei still! Kühe können nicht reden.“

Woran erkennt man bei einem Regenwurm, wo der Kopf ist?

Man kitzelt ihn und da wo es kichert, ist der Kopf.

Haftungsausschluss

Die Umsetzung aller enthaltenen Informationen, Anleitungen und Strategien dieses Buches erfolgt auf eigenes Risiko. Für etwaige Schäden jeglicher Art kann der Autor aus keinem Rechtsgrund eine Haftung übernehmen. Für Schäden materieller oder ideeller Art, die durch die Nutzung oder Nichtnutzung der Informationen bzw. durch die Nutzung fehlerhafter und/oder unvollständiger Informationen verursacht wurden, sind Haftungsansprüche gegen den Autor grundsätzlich ausgeschlossen. Ausgeschlossen sind daher auch jegliche Rechts- und Schadensersatzansprüche. Dieses Werk wurde mit größter Sorgfalt nach bestem Wissen und Gewissen erarbeitet und niedergeschrieben. Für die Aktualität, Vollständigkeit und Qualität der Informationen übernimmt der Autor jedoch keinerlei Gewähr. Auch können Druckfehler und Falschinformationen nicht vollständig ausgeschlossen werden. Für fehlerhafte Angaben vom Autor kann keine juristische Verantwortung sowie Haftung in irgendeiner Form übernommen werden.

Impressum

ISBN: 9798672253039

Kontakt:

Markus Mägerle/ Am Kreisgraben 17/

93104 Riekofen

Printed in Germany
by Amazon Distribution
GmbH, Leipzig

21264377R00108